张振涛音乐随笔系列

响堂

音乐博物馆掠影

张振涛 著

上海音乐出版社

拍摄于中国非物质文化遗产馆古琴展厅（2022年2月）

目录

序言：踏入"响堂"

走进乐器博物馆

011- 那个与生命无数次交汇的地方
　　　——"中国乐器陈列室"回望

029- 知识平台与包容胸襟
　　　——英国博物馆印象

041- 顺着杨荫浏的目光望过去
　　　——圣彼得堡音乐博物馆闻见录

059- 于无声处听凤鸣
　　　——布鲁塞尔乐器博物馆观后记

069- 响当当的来路
　　　——巴黎音乐城游记

081- 沉默是金
　　　——巴黎音乐城拾音设备一瞥

089- 钟万石而可撞
　　　——日本浜松市乐器博物馆参观琐记

102- 读树声
　　　——澳大利亚博物馆琐记

走近博物馆乐器

123- 钢琴与铁律
　　　——一件乐器的人类学镜像

139- 一鼓立中国

154- 第二个青铜时代

169- 一根管子贯通丝路

179- 芦哨吹出一湖的凄凉
　　　——白洋淀拾苇

194- 弯曲的声音
　　　　——号角类乐器趣览

210- 微启朱唇与大声歌唱
　　　　——口簧、笙竽、手风琴连读

221- 喷泉喷出了文化

232- 宫殿：退出皇室，走进艺术

243- 三种伴奏形式与三种表述模式

265- 弦光万道
　　　　——里拉、竖琴、弯琴、箜篌简读

序言

踏入"响堂"

【一】时代给予的与没有给予的

我站在布鲁塞尔乐器博物馆、大英博物馆、卢浮宫、俄罗斯国家博物馆（艾尔米塔什）时，心中涌起的感受是：为什么没有在好奇心最强、求知欲最旺，因而最易产生激情与联想之时站在这里？为什么没有在心里堆积了一坨垒块需要他山之石震荡且一遇震荡便能脑洞大开时淹没于这片汪洋？没有！时代没有给予这样的机会。我进入中国艺术研究院音乐研究所乐器陈列室的日子是三十多岁，进入卢浮宫的日子是四十多岁，进入布鲁塞尔音乐博物馆和巴黎音乐城的日子是五十多岁，进入日本浜松市乐器博物馆、牛津人类学博物馆、澳大利亚国家博物馆、捷克国家音乐博物馆、圣彼得堡和莫斯科俄罗斯国家音乐博物馆的日子已经过了华发雾鬓的花甲之年。从家乡到北京，从北京到欧洲，从欧洲到世界，历时三十余年，始得全域，斯其慢也！

而今，年轻一代到达上述地方的日子，大约三十来岁。只要愿意，便能于数年之内跑遍全球。这个时差，就是两代人的距离。这当然也是世界大变的明证！新生代有着远比我们更优越的条件，更广博的视野，可以站在更高的起点建构学术大厦。他们有机会用全球视角反观自己，横向比较不同文明间的差异以及异文化元素对我们现今立场的定位与影响。年轻就是好，身强力壮，可以做这样的事。我们年轻时不是不想做，是没机会做。

我们的前半生没有旅行，没有博物馆，没有从一种文化景观到另一种文化景观的游学。博物馆严邃高居，难以扣门临问；百宝堂踌躇隔离，无缘登阁探视。一境之内，尚难窥豹；跨境之间，更难涉足。中西情隔，内外阻塞，虽使同族乐器，不复识辨。孰远孰近，族脉不清；何联何断，无从断判。这种局促造就了视野。中国音乐学之所以难以产生大理论，盖因诸如此类的窒碍。

今天，我们被告知世界很小且大家彼此高度依存，亚马孙雨林一只蝴蝶扇动翅膀能够在地球另一端造成风暴。我们见证过一场场这样的"蝴蝶效应"——诸如埃利斯的《论各民族的音阶》、梅里亚姆"文化中的音乐"、安德森·本尼迪克特"想象的共同体"以及法国"多元文化"、联合国教科文组织的"非物质文化遗产保护"等，都令中国学术界风生水起。21世纪前，我们不知道"看世界"是必备知识。走进博物馆，才知道人家为什么提出了那么多理论。分布世界大大小小的博物馆，每座博物馆都有镇馆之宝，多到了但恨此生难以穷尽的程度。今天，有机会到世界看一看了。然而，时至垂暮，以一人之视听而欲穷乐器之千姿，以有生之岁月而欲探响器之百态，[1]斯亦难也。

【二】学科多棱镜

博物馆的确改写过历史，也改写过观念！曾几何时，中国音乐学在动乱中，被抄家毁业，奄奄一息，突然听到一阵清朗钟声——来自荆楚的"童声"。20世纪80年代，中国音乐学重新起步并迅速挺直腰杆子的支点，就藏在湖北省博物馆——那几乎是重打锣鼓另开张的学科拐点。

黄翔鹏以曾侯乙编钟的音高与当代民间乐社音高一致的现象论述道：古人今人，国人洋人，人同此心，心同此律。李幼平把散见于世界博物馆的宋代"大晟钟"拼接起来，看到一条伏脉千里的隐线：编钟标准音与现代钢琴几乎一致。黄翔鹏从曾侯乙编钟得出被李幼平、李玫等学者加以印证的结论令人惊叹。这就是博物馆要么不说话、说出话来就吓人一跳的分量。收四海百姓手中之乐器，以充库藏；汇五洲乐师身边之弦管，以填展厅。百木万株，拥芳充厅。站在那里，便能把一地一域、一钟一器说不清的事儿说出个头头是道来。

曾任故宫博物院院长的单霁翔说，中国有故宫博物院，俄罗斯有冬宫，英国有大英博物馆，法国有卢浮宫，美国有大都会博物馆，五国恰是联合国常任理事国。以此而言，一个国家若没有一个世界级博物馆，就没资格出任常任理事国。此虽戏言，但某种程度上说明了博物馆的地位。五家博物馆都是"实力不允许它低调"的级别。但在专业领域，中国还很不够。其他四个常任理事国都有国家音乐博物馆，礼乐之邦的中国却没有一座像样的国家音乐博物馆。这就是我们为什么那么企盼有一座音乐博物馆的情结！

【三】碧竹无情 青铜有恨

1985年，我进入中国艺术研究院音乐研究所，在中国乐器陈列室工作了一段时间，获得了最初的乐器学知识。重要的是，我在这座学术共同体的乐池里培植起了收集资料的博物馆意识。21世纪第一个年头，一个晦暗不明的日子，外在形成套路、内在形成理路的陈列室化为乌有。当年制作起来颇有难度、包括沈从文临摹的古代绘画的展板，像被拆除的名人故居一样七零八落。乐器图版展布厅堂，数年难成；陈列展品，毁于堵垣，一旦而就。无数珍宝，捆入大箱，束之高阁。那时，我心中的"名都锦城"变成"败井残垣"。

我当时在香港，一直后悔没来得及在展板之前拍个照留个影，没机会在大厅前留个告别"姿态"。陈列室生涯不仅是一份工作，更是一份精神托付。它关闭了，精神大门随之关闭。我不知道这件事是不是应该写进音乐史。对于我来说，那的确是职业生涯中最黑暗的一天。

没有参加搬迁，无法描述"城堡"的崩塌过程以及在另一地点重新拼接的过程，但老陈列室的摆设依然成为我在新图书馆中为学生讲课时心中的幻影。指向一件乐器时，脑子里甚至依然是原来的摆放位置以及零部件与之搭配的式样。这让我时常指着一件"不明物体"宣讲，直到学生啜嚅道那里没有件器物时才如梦方醒。隔代人的提醒让我不得不背离他们的目光，心下暗忖，我的空间还停留在过去。疤痂未脱，时空分裂，或许就是咏出"雕栏玉砌应犹在，只是朱颜改"的曲境。

几十年过去了，人员换了三四茬，越来越难找到亲手触摸过所有乐器的同伴了。收集者的故事行将湮没，这促使我动笔写了《怀满铿锵》（载于《中国音乐学》），《那个与生命无数次交汇的地方》（载于《读书》）。前代人建设博物馆的激情与另一拨人务实的对照，已使理想主义化为镜花水月。

"以成败论英雄"是后见之明。"善作者不必善成，善始者不必善终。"[2] 几代人的努力没有成功，但那份积累迟早会重见天日。作为个体，这份记忆难以释怀。所以每当我置身于世界各地博物馆中，只觉得天旋地转，木石倒悬。无处发泄的幽怨狂泻于展厅，翻腾的苦涩一次次提到嗓子眼，又一次次咽下。履境外华堂，如心临断崖，让我不断回到陈列室。直到这时，才意识到博物馆之梦是如此深刻地嵌入了我的生命。一遇提醒，如灼疤痕——载沉载浮、忽往忽来、入骨入髓的衔恨与痛彻骨脑。在博物馆里冥想博物馆，大概就是"惶恐滩头说惶恐，零丁洋里叹零丁"（文天祥《过零丁洋》）吧。

我不得不抑制一下感情狂潮和往事幽怨，把博物馆权作思考空间，与冷静的学术衔接，捋一下它带给我的思考，说一些当年想不到而今渐有所悟的话题。既然上述感觉无法用学术式的语言讲出来，又何妨用半怀旧半抒怀的语调讲出来？既然不能以真实的博物馆以安吾心，又何妨以虚拟的博物馆以谢历史？所以，我要告诉读者的是，这些文字都是站在各个博物馆怀念那个与我生命无数次交汇的地方——中国乐器陈列室，流出来的。

【四】雁过留声

每至一国一馆，念念不忘，皆因上述经历。有中国音乐陈列室打底，再拼接其他博物馆，就能于相似、相同、略异与不同之中，衍生一点感想。也是到了反哺之年，看多了，逐渐获得了一点连接。这组感受既可构成独立成篇的随笔，又可构成一套组曲。

老话说"青春作赋，皓首穷经"。正确的顺序是，年轻时写散文，老年时写论文。我却反过来了。年轻时写论文，老年时反倒愿意写随笔了。这个顺序，另有逻辑。兴高采烈地写论文，无人阅读；没成想写起来每根神经都兴奋的随笔，读者还挺多。于是，干脆超越狭义的音乐学，写点与一般读者的现实关怀更有交集的文字。当年被纯粹的学术研究掐灭的创作冲动又出现了。乍看，论文、随笔脱节，其实还是早年种下的根苗。钱穆说："写作要顺应自己天性。"既然如此，不妨倚着天性写下去。这反而成了一种笃定。

书中图片是与文字平行的叙述。乐器没有图片，如同美术没有插图。原来不把图片作为文本之一，但田野养成了把图像作为内容的习惯。刘勰《文心雕龙·比兴》："图状山川，影写云物，莫不纤综比义，以敷其华，惊听回视，资此效绩。"[3] 乐器是文字最难描述的事物。说不明白，不如不说，"一图抵千言"！

意识到图片的重要性，就把摄影当作业余爱好了。拍下来不作废，可以证明很多东西。数字化时代，图像和录像在学术叙事中扮演了越来越关键的角色，对于乐器细节，图片比文字更有质感，更有说服力。于是，旅游便带上分量不轻的相机。解图文字是比文本文字简单但又没有简单到人人能做的事，常要花费很多工夫。

常常觉得不该老是用音乐词语命名标题，那样会限制读者。但神不知鬼不觉还是把与声音相关的词语镶嵌在一个个标题中。

为什么用"响堂"命名？编辑《中国音乐文物大系·河北卷》时，到过河北邯郸"响堂山石窟"（分南响堂山、北响堂山、小响堂山），但那片北齐时代最大的佛教造像群，没有多少与音乐相关的内容。其实真正让我想到这个名字的是家乡济南近郊的一座小山，原名"孝堂山"，但乡音念出来像"响堂山"。从小熟悉的山名，让我想到了其中的寓意，也想到了《汉书》把乐器"填乎绮室，列乎深堂"的话。它非常准确地盛放下了我的写作意图，于是把书名定为《响堂》。

注释：

1. 〔宋〕司马光等：《资治通鉴》（十六），北京：中华书局，1956年，第7425页。
2. 〔清〕吴楚材、吴调侯编：《战国策·乐毅报燕王书》，《古文观止》（上），北京：中华书局，1959年，第166页。
3. 〔梁〕刘勰著，周振甫注释：《文心雕龙注释》，北京：人民文学出版社，1983年，第395页。

走进乐器博物馆

中国艺术研究院图书馆民间乐器展区（北京市朝阳区惠新北里甲一号，2000年）

那个与生命无数次交汇的地方

——"中国乐器陈列室"回望

在中国艺术研究院音乐研究所工作过的人对"音乐博物馆"有一种说起来难过，说起来伤心，说起来欲哭无泪、一脸无奈、感慨系之的情结。花了几十年工夫从全国各地收集到无数宝藏的第一座"中国乐器陈列室"，于1997年获财政部、文化部真金白银的拨款，眼瞅着万事俱备东风徐吹，升降之机呼之而来，但天运倒转，中国音乐研究所突遭搬迁变故，几代人梦寐以求的事——"中国音乐博物馆"在京城一角粲然涌现，戛然而止。中国音乐博物馆的钟摆停在了2001年，从此再也未摆动过。天欲飞霜,云将作雨,天命难违,人愿难成。虽然当年的纠结早已淡去,但每次有机会走入世界各地的音乐博物馆,心底总禁不住掠过一丝难言之痛——我们终究没有踏入"自己"的"音乐博物馆"。

正如世界博物馆协会于2007年把博物馆定义的"教育"提到首位以替代原来的"研究"一样,中国乐器陈列室也把普及中国音乐知识的理念落实到物品上,让来自全国各地各民族的乐器组合为一套符码,塑型参观者的民族国家概念。以乐器陈列室为中心的学术联盟坚定地认同古代展品和民间产品所宣示的理念:看上去已经过时、甚至一度被整个社会遗弃的展品,自有其迟早被认识的价值。虽然可能暂时不受待见,因各种原因使人们丢失了自己的立场时,恰恰是这些文化族群赖以维系记忆的载体,帮助人们找回了应有的定位。陈列室中的"知音堂——古琴展"就

20世纪80年代中国艺术研究院音乐研究所古琴陈列室"知音堂"

是明证。曾几何时,"封建余孽""文人旧器"的琴学,被弃之如敝屣。然而,中国音乐研究所的老一代学者不同,小心翼翼,捡拾"废品",细加呵护。转眼之间,一文不值的"废品"变为价值连城的国宝!原本模糊蒙眬的空间变为清晰明亮的器之"华堂",足见百年迷途,人是何等短视。

博物馆是方恒定器,不但以其直观效果让耳目气象万千,更以其"暂置毁誉、从长计议"的定位,让人超越时限,昭示"世上没有废品,只有放错了地方的珍宝"的长远裁量。

20 世纪 80 年代北京新源里西一楼中国艺术研究院音乐研究所乐器陈列室一角

【一】灿列如锦

记得第一次走进位于北京东直门外新源里西一楼中国音乐研究所四楼的"中国音乐史展览""中国乐器陈列室"的印象,如同头一次入门的所有学子一样,个个怀着朝拜圣殿的恐敬,也个个感受着打开世界般的敞亮。入门前的吵闹推搡,瞬间无声无

中国古代音乐史陈列室（1985年）

息，变得蹑手蹑脚。因为我们劈头撞见了梦境！哪个年轻学子不在一双好奇的明目和从未见过的乐器之间放上一只多棱镜？因为那第一印象就是遍地花开的万花筒！一幅全国采访点分布图高悬前厅，上面标注的每个红点都意味着前代人的身影。它为前厅涂满了金色。那金色一下子进入眼里，让人眼花缭乱。我们瞬间被数百件展品吞没，每个人都在心仪的展品前驻足不移。布满千根弦、万根管、千面鼓、万面锣，一起响起来足以引发山呼海啸的大厅静如空谷，幽若虚堂。可我们心中却如山呼海啸，翻江倒海。一排排如浪如涌的乐器奔来眼底；一列列如师如旅的响器扑面而来；一堆堆满坑满谷的金石蜂拥而至；一株株笛箫笙竽的竹林插满大堂。千奇百怪的乐器家族庞大到足以说明天生爱闹动静的老百姓是怎样耐不住寂寞和怎样抵抗不了声音的诱惑而爆发出巨大的创造力!

　　那个祥和安静的上午,阳光从高大的窗棂透射进来。为遮光而拉闭的窗帘已在多年炽晒中发白,经年落在展品上无法擦拭的纤尘在光影中暗暗浮动。铺垫展品的粗麻布呈现出农家风格的洗白。好奇的目光随着一束柔和的光影,在展柜上、乐器上、说明牌上移动。一间间彼此连接的隔间,意味着一个历史分期或一个主题区间。展板上挂满了图片和线描图。朱载堉、关汉卿等历史人物的画像与民间艺人荣剑尘、马增芬的画像并排悬挂,目光炯炯,凛然一身正气。折立卡片写满解说词,方寸之中出处皆明。一排排玻璃柜摆放着一本本古籍线装书。它们被翻到至关重要的一页,摊开一段稀见文献。

　　我们当然知道为梅兰芳伴奏过的京胡不是一般京胡,当然知道为单弦霸主程树堂弹过的三弦不是一般三弦。与名家相连的乐

20世纪80年代"聂耳冼星海纪念室"

北京惠新北里甲一号中国艺术研究院图书馆的古琴陈列

器固然让人崇敬，但博物馆的使命就是聚集无数小人物的器物，展示民间真相。擦满灰白松香、被千百次拖过琴弓的地方磨出深深痕迹，透着浩然正气的琴弓，紧扣过主人的声腔，绕梁于街头巷尾。三弦的记忆总与开衩旗袍、缎料长衫的弹词"双档"连在一起。轻巧的拨子是否捏在低首掩目的秦淮"商女"手中，还是转交于撑起评弹半边天的男伴掌上？黄铜制作、真正的"铜琵琶"，不知道封闭的梨型共鸣箱到底能不能发出巨响？是否真的为"关东大汉歌大江东去"拨弄过子母弦？专为女性制作、小了一圈的"坤琵琶"则让人体会到制作者怜香惜玉的款款深情。我曾对建设陈列室的老前辈孔德墉说："那件背后雕花的火不思是镇馆之宝。"孔德墉说："哪里啊，那是镇国之宝！"

潮州大锣鼓未褪毛的鼓皮，裸露一幅乡野"呆萌"，让干干净净"小生"般的"堂鼓"不好意思站在面前。魏晋南北朝时期

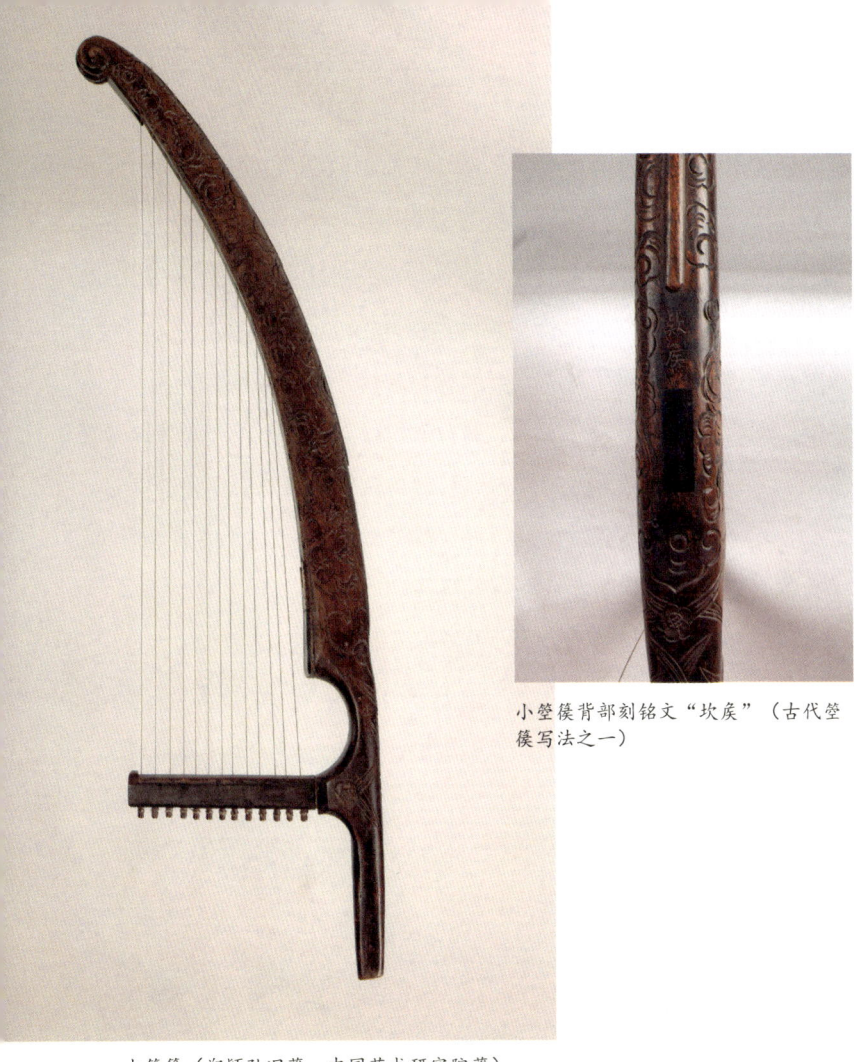

小瑅筬背部刻铭文"坎庚"（古代瑅筬写法之一）

小瑅筬（郑颖孙旧藏，中国艺术研究院藏）

的铜鼓，围绕一圈象征多子多福的蟾蜍，破损的鼓边是"大炼钢铁"时留下的伤痕，这块伤疤让没有战火却也硝烟弥漫的岁月嘲笑千年战火的岁月。缀满铁片的神杖，一圈缀满小铃铛的腰铃，在萨满仪式上滚过热血冲腾的嘹亮。来回摇摆的"鼗响器"，曾在深港小巷摇出过多少孩提入梦的呓语？商代的黑色石磬虽已破碎，

响堂

17

却如梨花初浴，黑光可鉴。这块三千年前的顽石，让周围所有的后代敛气息声。

包裹蓝色"鼓衣"的腰鼓，在欢天喜地中敲出过多少百姓的企盼？如今谁还会细心地为一只腰鼓缝上一袭蓝色"鼓衣"？瞅着再也无人缝制的"衣裳"，好像看到刚刚放下针线的村姑，红袖掩口，远眺着斜挎"鼓衣"腰鼓的汉子加入"社火"行列。那不是"鼓衣"，是一袭"天衣"！香风扑面，包裹着余韵缈缈。

墙角处三米多长的藏族筒钦骄傲地刺向屋顶，一排长长短短的芦笙正努力把南国春意怒放大堂……

记不清多少幅图片、多少件乐器、多少个展区，只记得巨量实物和盈目图片以及掉进聚宝盆里般的微醺。一墙乐器，一壁图片，门类齐全，井然有序，金彩绚烂，光映一室，不但呈现学术

各式各样中国鼓，国家博物馆"全国非遗展"展区

中国艺术研究院图书馆新疆维吾尔族乐器展区

团队的分量,而且展示国家馆藏的胸襟。

　　展室整体分为理论文献、乐律、乐器、乐种四部分。区隔树立十面屏风,每面屏风挂着表格和图像,如《中国音乐重要史实简表》等,这些需要极高专业素养才能做成的列表,显示了制作者的功底。区隔之间摆放着三十四个长形展柜,每个展柜都与一个主题有关。曾经没有现代摄影的超大扩放技术,占满整屏的画像只能请画家将图像绘成摹本。后来才知,提供画像并制作的是沈从文。[1] 他是杨荫浏所长抗战期间居住重庆时的邻居和朋友。虽然难以确知哪幅绘画或摹本出自沈从文之手,但这样的摹本有:麦积山北魏壁画奏乐飞天,敦煌莫高窟390窟壁画隋代仪仗乐队,莫高窟156窟南壁和北壁唐大中年间张议潮夫妇出行图,莫高窟第445窟盛唐时期"弥勒经变"壁画嫁娶图乐舞表演，五代胡《卓歇图》中的乐舞表演，五代周文矩《宫乐图》中的琴阮合奏，宋画《宫乐图》，白沙宋墓壁画中的乐舞表演，宋武宗元《朝元仙仗图》中的龟兹乐队，山西洪洞县明应王殿元代壁画杂剧演戏图，明仇英临宋人本《奏乐图》，明尤子求绘《麟堂秋宴图》，明《皇都积胜图》等十余帧。当时外面难得一见的图像让展厅熠熠生辉。几十年后才被称为"音乐图像学"的风景早已在这里"夏木阴阴"。

展厅解说词据说出自王世襄（当年在此工作）、黄翔鹏之手，虽说是学术集体的智慧，但也显示了其个人风格。数以百计的照片、书影、插图、文摘以及附带的解说词，像"连环画"一样把音乐史的基本面貌介绍出来，足见大学者的出手不凡。

参观限时，流连忘返，直到管理员生拉硬拽把我们轰出去。我们都是刚从小地方踏入京城的学生，信息不畅的年代，哪见过这般阵势。虽然意犹未尽，但离开门槛的那一刻还是突感自豪：我们终于站到了杨荫浏、李元庆站过的地方，终于看到了王世襄、黄翔鹏亲手布置的厅堂，终于进入了这支拥有天下第一宝藏的团队。唯一的区别是，他们当年五十岁，我们才三十岁。

当时还不知道前人怎样把这些"宝贝疙瘩"从各地运回来的，更不知道前人构思设计以及把创意付诸行动的艰辛，却能体会到，在没有回报的日子里，把民间的"荆钗

《中国乐器图鉴》书影

锦瑟一角

清代瑟（中国艺术研究院藏）

布裙"打造为皇家的"凤冠霞帔"是怎样的劳动量！后来我无数次独自一人静静地站在这"皇宫"中，拉开窗帘，面对一片平凡而灰色的楼群，遥想这外表平凡的地方如何变为储存学科尊严的过程。是谁把一件件乐器摆在那里？是谁把一幅幅图片挂在墙上？是谁从浩如烟海的典籍中选摘出一段意味深长的文献？又是谁把册页发黄的古籍翻到至关重要的插图处？后人看不清他们的容颜，听不清主人摆放时的咯咯笑声，但劳动者的欢颜和孩子般的笑声依然回荡。孕育出"文化高地"和"学术净土"的前辈，在此埋下了青春岁月，成就了中国音乐博物馆的第一座"宫殿"。这怎能不唤起我们对器物美之外还附加了图像美、文字美、环境美的"乐阁"的真心追捧?

【二】一方摆渡心灵的舟楫

1990年,我参加了《中国乐器图鉴》的编撰工作。首项任务就是把全部乐器拍摄一遍。这下可好了,终于逮着机会亲密无间地触摸每件"宝贝"了!想起第一次进来那会儿,如果没人制止,所有人都会产生背地里触摸一下的冲动。瞅着旁边没人,得寸进尺拨两下琴弦,结果自然会有人跟着再碰一下。没有管理员吆喝,个个动手动脚。但冲动还是被职业操守制止了。现在可好了,"飞燕舞风,杨妃带醉",不但可以观赏,而且可以触摸。

我们在前厅布置了一小片摄影区,铺上一张三四米长的乳白

1954年3月27日,中国音乐研究所建所典礼后中央民族学院民族文工团团员参观乐器陈列室

色背景纸，两边支上灯架，两把反光伞搁置一边，随时调动，对面架好三脚架。灯光一开，亮如霜雪。我的任务是把一件件乐器搬过来，脱下鞋，小心翼翼摆到背景纸上，再根据摄影师董建国的指令调整角度。拍摄完成后再放回原处。按照顺序，造册登记。没有测量尺寸的，自己测量。长宽高厚，逐一登记。那段时间，朝入暮离，天天泡在里面。每件乐器，特别是起初说不上器名而且常常搞混的少数民族乐器，都搞了个一清二楚。不但准确无误，且能脱口而出。线条修长的弹布尔，大肚子的都塔尔，横着弹的冬不拉，底部带着空洞般共鸣箱的库木孜……到了后来，要想找哪件乐器，立马就能说出位置，甚至记得每件小饰品和部件（如鼓锤、锣锤、弦轴、码子）的精确位置。

"一物不知，儒者之耻。"千载难逢的机会让我熟悉了大部分乐器。之所以喜欢音乐博物馆，自然与这段机缘有关，自然与亲手触摸过每件乐器并对其产地、族属、部件的了解有关。观察一件乐器与亲手触摸一件乐器大不一样，这之间的差别就是"瞅着"茉莉花和"摘一朵"的差别。瞅它、搬它、挪它、触它、嗅它，上上下下、左左右右、前前后后、里里外外，打量它、测量它、记录它、琢磨它，深读和重读，记录和认知，浸渍有日，嵌在部件和细节中的概念就慢慢出来了！

与主编刘东升、副主编肖兴华一起编《中国乐器图鉴》的过程中，不断听他们唠叨："看仔细呀，这个细节意味着不同族属。这个区别意味着不同地区。千万看仔细，别弄错了呀。"刘东升主编过《中国音乐史图鉴》，在图像音乐学领域经验丰富，而且总是兴高采烈讲老故事。肖兴华贪杯，每日必饮，许多故事是与

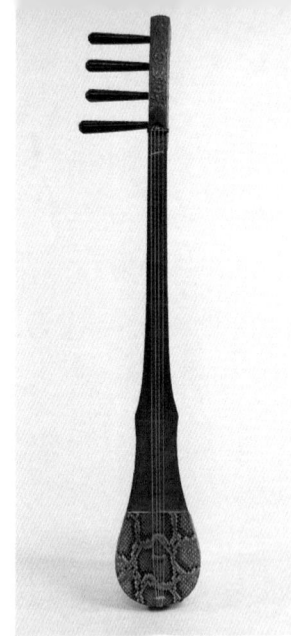

他"共饮薄醉,颇倾肝胆"的兴头上听到的。

后来我设计了一张由无数小乐器拼成的中国乐器分类总图,吹拉弹打,千支百脉,三级分类,尽收图中。先用剪纸法,把乐器照片刻为剪影,按照大圆圈的分类框,贴到归属点上,最后再压缩填色,一张总分类图便一目了然了。整张大图拼贴完毕,仪容端庄,光芒鉴

火不思正面和背面(郑颖孙旧藏,中国艺术研究院藏)

影。合成那天受到刘东升、肖兴华的真心夸赞，一整天乐得合不拢嘴。这张图放在整本书开篇，让我一打开就开心。

我按照德国乐器学家萨克斯（Curt Sachs，1881—1959）《乐器分类法》一书的西方管弦乐队示意图，把传统乐种的组合方式如法炮制，以图代言，直观易懂，乐种特色触目可辨。那段时间，颇为自己的发明得意过一阵子。

我们把所有图片按重要程度和成像品相划为四级，落实到版式上：第一级全版（设计术语"大出血"），第二级半版，第三级二分之一版，第四级灵活组合。如此划分不但显示乐器在整本书中的重要程度，而且体现知识侧重面。

1995年，《中国乐器图鉴》由山东教育出版社出版，后又出了台湾繁体字版。该书以其大开本彩页印刷为特色，以图像志和对乐器的详尽描述，勾勒出中国乐器的千姿百态。一册宝典，尽在掌中。

我的大部分中国乐器的知识不是从课堂上获得的（音乐学院没有这门课程），不是从《中国音乐词典》获得的，也不是从田野中获得的，而是在陈列室——我的"乐器学大讲堂"中获得的！编辑经历大致弥补了乐器学知识的匮乏。"识见日以广，感受日以新"。陈列室让我的乐器学知识一步登顶。

不能不说，陈列室让我与所属的学术集体多了一层亲密维度。一开始就能把学术生命与一座有着三千件乐器的博物馆交汇一体，是多大福分呀！"极我之乐，消我之灾，长我之生，而不我之死。"[2] 有了这番常人难得的经历，怎能不对那座"城堡"，凝思若痴！

1957年9月16日,中国音乐研究所曹安和研究员在陈列室前厅为哥伦比亚参观团演奏琵琶

【三】"乐"有阴晴圆缺

英语的 Museum(博物馆)与 Music(音乐)同源。拉丁文 Museums,指希腊女神 Muses 缪斯。缪斯是九位女神统称,掌管艺术、科学。所以博物馆可以被认为是缪斯神庙,而音乐博物馆也可以被认为是音乐之神住在自己家里。虽然中国音乐研究所没有采用这个洋名,命名朴素"乐器陈列室",但本质一样。不要小看这座貌不惊人却在业界名气很大的"陈列室",它是真正意义上的中国"缪斯神庙"。现代民族国家出现前,中国没有公共博物馆,更未建立过值得一提的专业博物馆。20世纪50年代,中国音乐研究所的乐器陈列室,是真正现代意义上的"音乐博物

馆"。音乐博物馆的大规模建立，是直到21世纪才随着国力强盛逐渐形成燎原之势的。上海音乐学院有了"东方乐器博物馆"，武汉音乐学院有了"编钟博物馆"，中国音乐学院、浙江音乐学院、星海音乐学院各自建立了空间越来越大、面貌越来越新的博物馆。政府部门也把音乐博物馆列入城市文化的标志，广州有了"马思聪纪念馆"，无锡有了"阿炳纪念馆""中国民族音乐博物馆"，江阴有了"刘氏三杰纪念馆"（刘半农、刘天华、刘北茂），宜兴有了"闵惠芬纪念馆"，徐州有了"弓弦乐器博物馆"，榆林有了"陕北民歌博物馆"等，这些都成为当地的文化、旅游和教学基地。雨后春笋般的音乐博物馆现象，让人回到历史起点，21世纪相继出现的博物馆，难道不是从另一维度证明了杨荫浏、李元庆于20世纪50年代建立"陈列室"的行为整整超前了半个世纪？

建立陈列室的前辈大概没有想到，他们一手缔造的"陈列室"在沦为牺牲品的某道程序之前，犹能对几十年后走向音乐人类学的学人，产生过深入骨髓的影响，从而使第一株牡丹芳香四溢，波及全国，产生出数十年后花开遍地的结果，这应该是对从事乐器收藏并为此立下汗马功劳的学术前辈的莫大安慰！最重要的是，一个人天天摆弄凝聚了无尽信息的器物，便会俗尘尽抛，砥节砺行。真正的获得不在于我们在乐器学、博物馆学领域写了多少文章以及缘此得到了什么，而在于找到了一片贮藏金石的"昆仑"。它的"稳定"，让人"稳定"。

我们来到这个世界上时，这些乐器就存在了；我们离开这个世界时，这些乐器还要流传下去。如何让一个学术集体成为中心，根本不用忧虑，这批乐器在哪里，哪里就是中心！器物尚在，影迹犹存，它们终将会以意想不到的方式重新"涅槃"。

讲述博物馆，不在于描述那里的器物多么齐全精美，更在于阐述比之"物理馆藏"更精深的"学理馆藏"。学术的存在才是更真实的存在，甚至当物理的存在已经难以为继。一件藏品若不能被学术理念激活，只不过是一段凋零枯木。不挖掘内涵，藏品会在学术层面卡住。我们已从走进"自己的"博物馆的急切，化为平心静气的思量，夯入人类学理念的阐释，才是着力点，才是博物馆的实物大堂和博物馆的精神库藏之间的区别。或许，只有在这样的精神博物馆里，面对寂静的乐器，我们才能听到喧繁满室的声响，或者面对喧繁满室的乐器，我们才能听到内心的寂静。

原载《读书》2019年第2期

注释：
1. 张新颖：《沈从文的后半生》（增订版），上海：上海三联书店，2018年，第191页。
2. 〔清〕蒲松龄：《聊斋志异》（下），上海：上海古籍出版社，1979年，第458页。

大英博物馆正门

知识平台与包容胸襟
——英国博物馆印象

【一】反客为主

走进大英博物馆,印象最深的就是这座世界上最大的博物馆竟然摆放的全是别人的东西,而且皆被置于显赫地位,没有我们在中国博物馆所习惯的那样,理所当然把本国文化当主角。中国人习惯于在博物馆把本土宝藏置于头等地位,可英国人不这样,也没法这样。他们懂得,自己的历史没多少年头,不硬撑门面。中国瓷器流向丝路时,英国人还在用瓦罐;中国孩子翻读线装书

《论语》时，英语还没成形；埃及人站在金字塔上俯视地球时，英国人还不会搭二层楼；希腊、罗马人用大理石托举维纳斯时，英国还没有雕塑。有自知之明，老老实实。但他们毫不客气地把各国精品，用坚船利炮搬回家。引东方之藏，聚海外之珍，敛诸国之宝，积天下之绘。英国人的不凡之处，就在于恭恭敬敬把"他文化"摆进博物馆，而且高调宣传。曾是世界最强大的帝国，竟然把本土文化搁置一边，用最大空间、最显位置，隆重推出埃及、巴比伦、亚述、希腊、罗马、中国文明。头抵屋顶、半人半神、巨大的埃及神像，五六米高的人头鸟体（羽人）像，成堆的木乃伊，数不胜数的古希腊、古罗马雕塑，整体搬迁的古希腊戏剧舞台……不但置于最吸引眼球之处，而且堂而皇之地作为镇馆标志，印于宣传手册。以他人库器，撑博物馆门面；以他人响器，鸣博物馆之声。毫不羞赧，豪气冲天。

整体搬迁的古希腊戏剧舞台

古希腊雕塑：生动的石头舞蹈（大英博物馆）

不走进大英博物馆还真难以体会中国器物被人家置于高堂所

英国牛津皮特·里弗斯人类学博物馆全景

牛津皮特·里弗斯人类学博物馆主厅俯视

产生的自豪感。步入中国馆,珍宝塞屋数楹。特别瓷器,橱柜壁立,高抵天庭,盘碗瓶瓯,不留寸址。大英帝国上升期,枪口对外,岛内呈平,累世不识兵戈。强盛为收藏提供了千载难逢之机。当世界还有三分之二的人身遭乱世、处于水深火热之中,顾不上吃、顾不上喝、更顾不上文化时,他们先下手为强,捷而得之。唐代摹本顾恺之《女史箴图》,敦煌唐代经卷和布满演奏乐器形象的壁画,穿着时髦、衣饰超前的菩萨雕像,西周至春秋战国时期的编钟、錞于和铜质中国笙斗。据说大英博物馆第一位捐赠者内科医生、博物学家、收藏家汉斯·斯隆爵士,就有71000多件

各种竖吹管乐器（牛津皮特·里弗斯人类学博物馆）

物品，包括明朝1603年版《本草纲目》、1592年版《三国志》。中国游客举头张望的目光和惊讶眼神，除了叹服外，自然还有对主人钦慕中国文化的心满意足。这既让中国人自豪，也让中国人感到英国博物馆学家非同一般的胸怀。

　　英国在中国人脑海中是个纠结。我们甚至难以把博物馆学家、人类学家与"强盗"分开，直至后来看到伯希和的照片，才能把面目清秀、文质彬彬的相貌与知识分子的概念连在一起。潜心收藏的人，根本不可能意识到自身行为竟然暗藏了不容抹杀的救赎潜质。他们或许并不知道自己的行为对于文化持有国因持久战乱而生发的意义，无意间做了一件让主人心存万幸的事。萨义德在《文化与帝国主义》中把奥斯汀的小说《傲慢与偏见》"当作一个正在扩张的帝国主义冒险的结构的一部分"，用这句话比喻当年的博物馆学家也不为过。一方面是难以原谅的霸道，一方面是难以名状的庆幸。这个纠结终于在一次次面对博物馆时，变得模糊了。

　　器物静待主人到来。终于，在英国大肆掠夺中国一百多年后，顾得上吃、也顾得上喝、更顾得上文化的中国人开始一拨拨走进大英博物馆，带着急切与平和，搜索漂泊海外的面目与乡音，并意外发现了拥有者的虚怀若谷。

【二】堆积堆积再堆积便是震撼

　　想不到外表看上去并不宏伟的牛津皮特·里弗斯人类学博物馆（Pitt Rivers Museum）别有洞天。我无法用汗牛充栋、堆山塞海、琳琅满目这类顶级词汇来描述印象，堵在嗓子眼里的感受找不到一个合适的词儿。看到一间间填满宝藏的方格子，突然冒出来一个词：仓库！在大英博物馆就想找一个合适的词儿，到了牛津才冒出来。不是小巧精致的百宝阁、聚宝盆，而是中国人心目中的

大英博物馆的《流民图》（吴伟，1459—1508）

库房、仓储。一堆堆，一丛丛，叠摞错居，架屋层摺，挥金如土，无暇细布。本该有更多空间、条理分类的"锦瑟瑶琴""弦匏笙簧"，却随便堆在一处。主人根本没精力考虑美观，库藏太多。据说乐器有6000余件（据蔡灿煌统计），多到根本不在乎怎么摆。大英博物馆有800多万件藏品，我们看到的展品都是冰山一角。

无心分类，委弃衢架，从高至下，器悬数层。每类乐器并及相近样品，近以十数，上下之间，望之皆如乱麻。真是"屋下架屋，床上施床"。甚至每件乐器所系的解说卡都来不及打印，就用登记时的手写纸签。从未听说更未见过的人类遗产，弥亘两厢，不能深悉。"大吕陈于元英，故鼎反乎历室，齐器设于宁台。"[1]

收罗之后，大致堆砌，也是一种风格。精致摆放故妙，堆砌亦未始不妙。这种奢侈让参观者产生强烈的感受就是富有。转念

剑桥的康桥

无比陶醉，阿夫洛斯管与敲鼓（大英博物馆）

而想，或许堆砌，就是收藏者不小觑中国文化的前提。中国博物馆把一件珍品置于一个巨大空间，设计精致，突出看点。比较一下英国的"库房"，倒显得造作了。主人把说不清道不明的先摆出来，甚至有点戏谑化（绝不艺术化）。展品太密集，没工夫咀嚼，先吞到眼里，慢慢消化去吧。

一两百年来，无关乎国计民生的器物，都是人类学家和博物学家的收藏。"山水声伎、丝竹管弦、樗蒲博弈、盘铃剧戏"，"种种无益之事"[2]，对于博物馆，都是有益之物。实物使人容易走进橱窗里的世界。斗转星移，到后来，只有在这里才能发现家乡已经看不到的东西。"长恨春归无觅处，不觉转入此中来"（白居易《大林寺桃花》）。博物馆反倒成了一面铁镜，见证了祖先模样。中国乐器史上珍若拱璧的老器物，昔日司空见惯，如今难

各种鼓(牛津人类学博物馆)

觅芳踪。大英博物馆收藏的明代吴伟(1459—1508)《流民图》,就让人看到了当年敲击小鼓、抱着琵琶的难民情状。

乐器放置在玻璃柜中,难以拍照。不远万里,不能拍照,心甚懊恨,又无可奈何。隔着玻璃,尽量避开从哪个角度都难以避免的反光,拍几张勉强看得清的乐器,权做资料吧。心下暗忖,不拍下来怕见不到了。

【三】剑桥、康桥与非首都功能

人们津津乐道于欧洲建筑的三大王冠——教堂、皇宫、城堡,但忘了另一个王冠——大学。到英国不仅看伦敦、温莎,还要看牛津、剑桥。中国人一直徘徊在历史资源的骄傲与现实叙述的逼仄之间。你有教堂，我有寺院；你有王宫，我有宫殿；你有海德公园，我有圆明园。但有个领域我们一无所有——大学。书院算不算真正意义上的大学，的确是个值得讨论的问题。

近些年有了分解"非首都功能"的说法。不同中心置于不同地方，是梁思成1949年的构想。一直不知道他的构想源自何方。到了牛津，约略懂了。离伦敦一小时火车的牛津、剑桥，是教育中心。一流人才，一流建筑，一流图书馆，一流博物馆，中国人觉得均属"首都功能"的机构，都与首都保持着距离。好东西汇聚京城，其他不能成为"中心"，当然源自大一统意识。英国有政治中心，也有教育中心。学府畏惧热闹，既不"争名于朝"，也不"争利于市"，甚至"思想的翅膀不能捆绑世俗的包袱，更不能捆绑都市繁华"。学府殷富，避居一方，在安安静静的地方落地生根。事实证明，这种分割十分有效。

有人归纳，牛津培养了七个国家的十一位国王、六位英国国王、四十七位诺贝尔奖获得者、五十三位总统和首相、八十六位大主教以及十八位红衣主教……难以核实的数字就是与首都保持距离的果实。顺着狭窄旋梯登上"圣母玛利亚大教堂"鸟瞰全城，楼宇如排浪般涌向蓝蓝天际的"万灵学院"尽收眼底。遥想莘莘学子把目光超越万灵学院熠熠生辉的塔尖投向远方时，视野该是什么？从大学城走进都城，他们开始治理世界。

剑河蜿蜒，浅草如茵，叹息桥、康桥、数学桥……若想知道有多少中国人来旅游，听听摇桨的小伙儿用不怎么标准的中国话背诵徐志摩的诗，就能于惊奇之中约略估计一下流量了。中国人过此桥，无不想到那首诗。

剑桥分布着多宁学院、艾曼努尔学院、潘布洛克学院、克莱雷学院、国王学院、圣三一学院、圣约翰学院。牛津有"自然历史博物馆""皇家研究院"，藏有中世纪油画（其中一幅画于1340年左右，有演奏小提琴的持弓者形象）的画廊等。许多学院有教堂、图书馆、博物馆、画廊，坐于高背椅上的院士们围聚的巨大会堂……院落巨大，绿草如茵，水池遍布。音乐博物馆放在牛津人类学博物馆，如同西方音乐学放在综合大学一样，反映了研究与表演两分的传统。值得品味的是，已有九百年历史的牛津大学，宣传资料上看不到校史，也无校庆。这让爱抖擞历史的中国人有点五味杂陈。

【四】站在知识中间思考学科来处

大英博物馆大厅镌刻着英国诗人丁尼生的一行诗句："让你的双脚，在此后的千百年里，都站在知识中间。"站在"知识中间"，不免想到为什么英国诞生了埃利斯（Alexander John Ellis，1814—1890）的《论各民族的音阶》。如果没有英国人不惜气力从世界各地收集来的巨量收藏，如果没有巨量收藏带来的眼界，如果没有意欲了解世界的英国人邀请亚洲、非洲的音乐家来此演奏，如果没有东方的鸣钟朗鼓对单一"音体系"的冲击，他会产生比较意识并推翻欧洲文化中心论那道坚固的大墙吗？有了博物意识才能具备理论视野，有了理论视野才能写出民族音乐学打破单一、包容多元的著作。揭开学科视角的谜底就藏在一座座博物馆中。

有着上千座博物馆而被誉为"博物馆之国"的英国，博物馆

中国鼗鼓（牛津人类学博物馆）

多到叫不出名字。面对这份丰渥，方能明白这里为什么诞生了埃利斯，诞生了文化平等观念。那是以巨大藏品垫底的胸襟。民族音乐学讲究从现象背后探视事物发生的原委，我们也渴望从民族音乐学创始人的诞生地探视这门学科之所以诞生于此的原委。埃利斯不以本土之私而伤天下至理，敢于对自己的文化说不；说出你不是唯一表达，而是世界上无数表达中的一种这类对英国人来说不中听的话。这是没有硬邦邦的博物馆支撑即使张开口也不硬气的言说。他毫不客气地指出，世界上还有另外的表达，而且是附着于另一种价值体系的表达。他的结论让西方人震惊，更让中国人震惊，而且让中国人高兴。我们终于找到了一种可以重新评

响堂

价自己的标准。或许以此审视伦敦、牛津、剑桥，城里城外、大大小小的博物馆，才能估量其器局与无量承载。埃利斯时代的英国实现了人类遗产大汇聚，"天下为一家，不为有所私"，给包括民族音乐学在内的各个学科带来了丰厚积累和广阔视野。博物馆真是个好地方。天下所归，这个方式了不起！

让自己陶醉也让他人陶醉且不遗余力收罗珍宝的博物馆家，早把不平等观念抛置脑后了。英国博物馆把中国文化置于高堂显位的布局，比什么大道理都更能让渴望挺直腰杆的中国人震动。牛津大学考古学家巴里·坎利夫爵士（Sir Barry Cunliffe）说，博物馆的讲述超越民族国家，是对偏狭观念的抵抗。另一个英国人说，建立博物馆就是为了在"一个建筑物里理解全世界"。这就是书本里看上去有点自以为是的英国人在博物馆里一点没有自以为是的胸襟。

原载《人民音乐》2020年第1期

注释：

1. 〔清〕吴楚才、吴调侯编：《战国策·乐毅报燕王书》，《古文观止》（上），北京：中华书局，1959年，第165页。
2. 〔明〕张岱：《祭秦一生文》，《张岱诗文集》，夏咸淳辑校，上海：上海古籍出版社，2014年，第435页。

1959—1960 年，杨荫浏（前右一）、时乐濛（前左二）在苏联访问期间合影

顺着杨荫浏的目光望过去
——圣彼得堡音乐博物馆闻见录

【一】历史折叠出一个弯子

1957 年 7 月下旬至 8 月中旬，杨荫浏到苏联，作为艺术竞赛民族器乐的评委出席莫斯科"第六届世界青年与学生和平友谊联欢节"（7 月 28 日—8 月 11 日），其间还作了《中国的民间器乐》报告。这是他平生第一次到国外工作旅行，为期一个多月。1959 年底至 1960 年初，他又与作曲家时乐濛一同赴苏联访问，到了列宁格勒（今圣彼得堡）。其时正是中国与苏联交好时期，

圣彼得堡音乐博物馆庭院正面

也是"以俄为师"的知识界渴望了解对方的最强烈时期。他留下了一篇题目很长的短文《列宁格勒国家戏剧与音乐研究所民族乐器陈列室参观笔记》，记录了考察感想并联想到中国音乐研究所"乐器陈列室"的建设问题。杨荫浏有个好习惯，见什么记什么。为了让国内同行了解苏联所做的事，于8月10日写下这篇笔记。回国后刻板油印，分发同事。文稿因中苏交恶而未能发表，直到2009年《杨荫浏全集》出版之际，才编入第十三卷，公开发表。

2019年，我按照杨荫浏记录的名称"国家戏剧与音乐研究所"，寻找这家六十二年前的机构，结果走了一段冤枉路。本以为"戏剧""音乐"是一回事，听到"戏剧博物馆"就径直奔过去，兴冲冲走进大厅，结果发现只有戏剧与芭蕾舞展。幸亏两位大学生告知，音乐博物馆在离此不远的涅瓦河对岸。杨荫浏记录的"戏剧与音乐研究所"，实际上是分立于涅瓦河两岸的两个独立机构——"戏剧博物馆"与"音乐博物馆"。离开位于有叶卡捷琳娜与其同时代杰出人物组雕的"剧院广场"一侧的"戏剧博物馆"，跨过涅瓦河诸多桥梁的其中一座——塑有四个青铜勇士牵引骏马的巨型群雕的大桥，终于找到了音乐博物馆（Sheremetev Palace Museum of Music）。

因老名称缠绕，走了弯路才意识到，如同国名（苏联变俄罗斯）与市名（列宁格勒变圣彼得堡）都变了一样，相隔六十余年，名称除旧适新，方位移东就西。这段歧途倒让我想到，杨荫浏一代人因为没按照英文的正式称呼"音乐博物馆"给中国音乐研究所的相应建制取名，而只采用了个低调朴素的名称"陈列室"，

著名俄罗斯钢琴家鲁宾斯坦的19世纪中叶制作的钢琴（圣彼得堡音乐博物馆）

及至到了 20 世纪末当我们准备改称"音乐博物馆"时便有了"独立门户"的意味，从而导致了社会误判，不但让现实中的"乐器陈列室"分崩离析，也让理想中的"音乐博物馆"胎死腹中。可见正名的重要！比起这段痛断肝肠的历史曲折来讲，我这段绕个大弯子的冤枉路也算不得什么了。

话转回来，一进音乐博物馆，又遇到了麻烦。当天只开放二楼的西方乐器厅，包括键盘乐器（有鲁宾斯坦用过的白色钢琴）、欧洲弦乐器、管乐器，偶有几件民族乐器，而我想看的恰恰不是

手风琴展区（圣彼得堡音乐博物馆）

这些。管理员告知,隔天才开放一楼民族乐器厅。也就是说,同一座博物馆分区展览,要买两次票才能看全。无奈,只能隔天再来了。看来,弯子不但费路、费时,还费钱。要想看到杨荫浏看到过的东西,非要付出更大代价。第三天,终于如愿以偿,看到了杨荫浏曾经看到的东西。

三角琴展柜(圣彼得堡音乐博物馆)

也许近几年参观博物馆多了,圣彼得堡音乐博物馆并没有想象的那样具有冲击力,主要藏品是俄罗斯本土乐器。杨荫浏说,馆藏有1700多件。窥其多少,校其赢缩,目之所及,相差无几。大概自那之后也未有多少添加。苏联开国,未及承平,即遭第二次世界大战,动乱频仍,后国体大变,文化部门虽也致力于采撷遗逸,兼以赠送,但远不及英、法、比利时、日本等音乐博物馆那样库藏充盈,器物山积,更未配置多媒体设备。大概经费也是捉襟见肘。不过,老房子依然可见当年荣耀而让人暂时忘记当下窘境。

【二】交叠目光

杨荫浏介绍,当年各加盟共和国都有一方展区。布展原则是,若一件乐器出自各加盟共和国，必选而展之，哪怕重复。今日所选，大异往昔。一器若为各加盟共和国所共有，必弃之不取。原则大变，转若飞蓬。当下布展，主要立足于厘清科目的学术分类，不再顾及民族完整性。格局无疑是加盟共和国半数独立的写照，虽然20世纪50年代的大一统格局依然保存于莫斯科占地最大的"全俄经济展览中心"；那里，各民族都有一栋风格独特的建筑常年列展。

俄罗斯音乐捆绑手风琴音色，几乎条件反射般地藏匿于脑海的某个地方。这方展区呈现出手风琴大国的创造力。奇怪的是，我们在排外并视其为敌国的年代，手风琴的风靡从未改变，反而大受青睐。如果把马克斯·韦伯一件乐器对应于一个社会阶层的理论改造一下，一件乐器也可以代表一个时代。如同刘醒龙小说《凤凰琴》所说，凤凰琴曾是乡村教师的代言者。推而广之，手

1957年7月，杨荫浏访问苏联，参加体育馆内举办的活动

桌式弹拨乐器（圣彼得堡音乐博物馆）

风琴也曾是1949年到改革开放后一段时间内中国最具平民知识分子身份代表性的乐器，普及率到了让人搞不清艺术中的手风琴和生活中的手风琴在什么地方切换的地步。手风琴不单是专业团体音乐家的汤沐之邑，也是业余爱好者的刍牧之场。它的低廉成本和自学成材的极大可能性，肯定是许多人云集这个领域的重要原因。

配套的大中小三角琴（Banananka）是俄罗斯对中国乐器改革影响最大的样板之一。杨荫浏写道："得到较普遍应用的较为成功的改良乐器则放在最后——例如大大小小的三角琴。"[1] 中国音乐家紧随其后，一个模子改造出拉弦乐器与弹拨乐器的高中低系列。成功失败交织，反映时代宏敞。改变传统，始于乐器；乐器改变，始于编制。看看零落一旁的大马头琴，所有音乐家都心有戚戚，虽然俄罗斯大三角琴在舞台上依然使用。

另一个问题是，为什么俄罗斯人把弹拨乐器做成三角形，而中国人则做成圆形或梨形？如果说我们对"圆满"的追求源于"天圆地方"的历史情结并潜移默化于细节，那么俄罗斯人对三角形的选择到底源自何种传统？哪怕暂时解不开诸如此类的疑问并难以改变我们的"圆满"立场，至少在考察异文化的经历中，可以理解到不同区域的文化都有自己的表述方式，并由此反观本土文化何以塑造了我们现有立场的景深。

一件带键盘也可弹拨的乐器，介于羽管键琴与扬琴之间。这个连接点让人想象不到。我们习惯于把弹拨与键盘分为两类，也把弹拨与弓弦分为两类，但在博物馆，界限模糊了。20世纪的分类，来自教科书剥离民间多样性的泾渭分明，剔除了过渡带。在乌克兰称为国宝的"班杜拉琴"（Bandura，俄文 бандура），形制虽说源自琉特琴之一 Kobzo 的再次变种，但一排排竖立的琴弦（从五十到六十余根不等）给人的初生印象就是把扬琴竖起来。既像弹拨又像敲击的过渡，根本不在分类法上。这些叫不上名称也排除于教科书之外的民间乐器，远没有"二水中分"那么清晰，

圣彼得堡音乐博物馆音乐厅

俄罗斯莫斯科国家音乐博物馆大厅入口

更没有井水不犯河水的对立。这种被忽略的乐器反而为音乐史提供了不可多得的从一类到另一类的过渡器型，证明弓弦乐器源于弹拨乐器（如北印度最古老的弓弦乐器萨朗吉[Sarangi]与弹拨乐器之间的联系）以及键盘乐器源于弹拨乐器的传说未必无据，而确立分类法的原则也不见得全然可靠。它们按照乐器缔造者缔造乐器并改造之前的样式存在着，但用不了多久就改变了面貌，嫌弃复合形象，快速进入霍恩博斯特尔和萨克斯在《乐器分类法》中划分的类别之中。杜尚说："一件艺术作品的名气取决于被谈论的次数。"不被谈论，湮没无闻。分类是后发之事，难以概全。察天下之器，固多失实，定天下之理，必有遗珠。

吹管乐器，竖立一群，像片丛林，让人眼前一亮。其中有中国管子、笙，南美的盖那等。天下吹管，尽收一角，多少弥漫着一点戏谑味道。

无论是捡拾还是挑拣，博物馆把民间制品聚拢收藏，让曾经弥难的文化与这座几乎在战火中毁灭的城市一样屹立至今，没有凋残零落。俄罗斯音乐家珍视文化，尽收遗产，垂示后人，功绩不容抹杀。杨荫浏应该像当年来自中国求学的音乐家一样，在目睹集国力和艺术于一体的博物馆时感慨万千。的确，参观者很难不被俄罗斯乐器的整体印象所感染。

【三】另一种凝视

杨荫浏从三十岁到四十一岁，整整花了十二年时间从事《普天颂赞》的编译，晚年自称"宗教音乐家"。他是否走进过圣彼得堡的地标建筑——喀山大教堂、圣以撒大教堂、喋血大教堂、圣彼得堡要塞中心教堂？他的报告中全无记录。我们当然懂得他不记录的原因。但杨荫浏抬起头来、手搭凉篷、遥望学术的起点，是教堂。穹庐圆顶和辉煌外壁，一定唤起了他对年轻时代的遥望，或许也会想到无数弱小生命用干渴嗓音唱出自己翻译的赞美诗的声响。然而，年逾六旬的历史学家笔下，看不出一丝动过感情的痕迹。

他的一笔，让我于六十年后跨空而来。离开圣彼得堡那天，我神情黯然地站在火车站月台上候车，遥想穿着翻毛领大衣的杨荫浏当年搭乘老式火车、站在同一月台上的样子。从圣彼得堡到莫斯科——建于一百七十年前的俄罗斯第一条铁路，杨荫浏时代要花一整天时间，现在只要三个小时。或许令我来回走动的原因还有托尔斯泰笔下发生在这条铁路上的故事。弥漫于风雪中的小站上,安娜·卡列尼娜平生第一次听到让自己无法平静的表白,全身燥热到需要走出车厢在冰天雪地中透口气才能平静下来的地步。我踏上碾碎过她香躯的铁路的感觉,不亚于她被爱情燃烧时的感觉,也渴望走上一个不知名的小站去透口气。封闭时代默读托尔斯泰的强烈感受,至今让人抑制不住审视那两条冰冷却让阅读者周身滚烫的铁轨;寻找俄罗斯文学印记的冲动与寻找学术前辈足迹的冲动化为两条并列的长轨。这是否成为我千里迢迢而来必欲亲身而验之的内驱力?从彼得堡到莫斯科,再也不是一个艰辛的地理概念,而是一个移步换景的学术空间了。

杨荫浏提道:"若连该馆曾收集过的乐器计算在内,即已不下三千五百件左右,其中有一千件左右是属于莫斯科'国家音乐文化博物馆'。"为了这句话,我还得登上赴莫斯科的高铁。

有了圣彼得堡的对照,莫斯科"国家音乐博物馆"就觉得亮

三角琴乐队伴奏民歌演唱

堂多了。显然，首都条件好得多。大厅时尚，不但有现代媒体视听设备，可在大屏幕上"刷"声音，工作人员也热情得多。

圣彼得堡博物馆的布置与中国音乐研究所乐器陈列室接近，而莫斯科音乐博物馆的现代风格更强。前者独门独院，建筑古典；后者临街无院，高楼时尚。前者收藏，网罗完备；后者收藏，多有不备。

中国音乐研究所乐器陈列室未把西方乐器列入展厅，这点与俄罗斯博物馆不同。俄罗斯与欧洲文化，在彼得大帝与叶卡捷琳娜的推动下迅速融合。这与我们把欧洲音乐乃至西方文化尽量区分开来很不相同。所以，西方乐器成为俄罗斯音乐博物馆的有机组成部分。这些年我国音乐院校新建的博物馆，不再延续分庭抗

冬宫广场俄罗斯旋转舞蹈

礼的区划，世界乐器多有收藏。虽然音乐博物馆很像小说家利维斯所说的属于"少数人文化"，但随着参观人数越来越多，大家感到再也没必要把狭隘的"民族主义"带给下一代人。本土文化当家而不排异，外来文化客居而不夺主。音乐家闻之无异议，老百姓观之无偏见。囿于乡间，鉴不独明，多元一体，方为公器。

【四】冬宫夜曲：意外插部

2019 年 8 月 15 日傍晚，靠近北极的亮晃晃太阳，挂了一天，七点多钟也没有急着落下去的样子。我在冬宫广场邂逅了一场大规模广场舞。汇聚而来的滚滚人流好像都在追赶永不落山的火红圆球。

临时搭建的舞台上有两组乐队轮流唱奏。一组电声乐队，一组三角琴乐队。无人机在上空盘旋，肩扛摄像机的记者穿流于人群。舞台一侧的大屏幕是电视台现场转播的画面。几面色彩斑斓的大旗在几位年轻人手中舞动。电视台组织了一批身穿传统服装的中老年妇女（服装色彩鲜艳，像一个世纪前一样，有的脖颈处镶着不露肤的高领，十分尊贵）分布于不同位置。个个满脸欢笑，充满活力；类似陕北秧歌的伞头，有效组织游人加入舞队。有了领舞，队形随之而成。

人们互不相识，进入舞队，手拉手，肩并肩，全无拘碍。两人一排，双手高举，后人从中钻过。一会儿拉成一对，一会儿围成大圈。这种围成圈的传统舞蹈称为"赫罗沃德"。广场上分布着七八个大圆圈，一眼望去，满场旋涡。一会聚拢，一会分散，圈中套圈，里外三层。外圈顺时针转，中圈逆时针转，内圈顺时针转。从外观看，有点眩晕。里外三圈的人突然随着音乐聚向中心，一起举手，形成圆心。共同体的象征一眼便知。乡村仪式就是通过这类方式，体现社会学意义。

差不多九点多钟，舞队拉成一条长龙，围绕整个冬宫广场转大圈。背后是淡绿色的冬宫，前面有半圆形的弯楼（主楼正中屹立驾战车的英雄雕塑），中间有高耸的凯旋柱，四周悬挂着华灯齐放的街灯。楼堞相属，国柱中立，舞蹈环绕，光影射目。真是梦境！这样的广场竟然舞动着一条童话般的长龙！谁能掩饰对那条顾头不顾尾的巨型舞队的惊讶赞叹？

目测一下面积，要布满人头，该有多少人？不是几百人，而是成千上万；不是提前准备，而是临时纠合；不是动员组织，而是自发参与。七点半开始，九点多结束。欲罢不能，兴致漂高！

俄罗斯人能歌善舞，会放下一切，展露天性。洋溢于笑脸上的单纯、质朴，让人对书本上的严肃印象颇多怀疑。从队形组合到举手投足，看得出人们对传统舞蹈的熟悉。领舞一提示，马上就位。行为的经常性，沉潜于手足牢不可破。若问冬宫前广场舞与中国广场舞的区别，就是我们各自为政，很少手拉手，而人家大部分是集体性的。这是否也是我们的文化单打独斗而俄罗斯文化团结性的体现？另外，我们放弃传统而一味"现代"（只在陕北等中小城市看到坚持传统的秧歌），冬宫前的舞蹈坚守传统，不为所动。俄罗斯既是善于思考的民族，也是善于放下的民族，因为有文化自信。

乐队的演唱曲目，舞者耳熟能详。一听报幕，欢声雷动。许多曲调间插齐声呼喊的"乌拉"，到了地方，众口一词，精准无误。有一首曲调只有三个音，do、si、la，来回折换，简单易记，却变幻无穷。所有音乐，节奏感极强，让人忍不住手舞足蹈。我们熟悉的曲调《卡琳卡》从慢处起拍，逐渐加快，突然放慢，再逐渐加速，直到快速高潮。突快突慢，若无长期参与，根本跟不上拍子。

我从那种快得几乎让舞者喘不上气来的乐曲中听到了熟悉的旋律。这让我心中一震！啊！当年我们用无比忧郁的情绪唱出的歌，却原本竟是如此欢快明亮。整个晚上，所有旋律无一例外，都是小调式，但现场气氛一片欢腾。不禁暗忖，原来我们从俄罗斯曲调感受的忧伤，可能是中国特定历史条件赋予的？难道是我们把时代气氛投射于其中，从而脱离了乡村节日的原有情愫？无论如何，我看到了另一幅配乐画面——被我们一度填满忧伤并风

1959—1960 年出访期间，杨荫浏（左一）、时乐濛（左四）与苏联音乐家合影

挥舞大旗招引参与

行一时的俄罗斯曲调，在发生地现场没有想象的那么低调沉郁。

然而，转念又想，中国人当年从俄罗斯曲调中感受到的忧郁在诞生之初是否与当下冬宫广场使用者的感受一致呢？它们诞生之初真的没有我们曾经感受过的忧郁？将千万俄罗斯人手拉手连在一起、凝聚集体意识的"舞蹈长廊"真的是饭后茶余的纯粹娱乐？我们不必也不可能像上一代人那样领略俄罗斯乐曲的忧郁和哀伤，但那种曾令中国人如醉如痴的凄婉，不会随着历史时差的错位而被抹去。

庆幸在圣彼得堡最后一夜邂逅此景，呈现出这座伟大城市寻常岁月里非同寻常的一面，甚至觉得比白天参观冬宫（艾尔米塔什博物馆）还带劲儿！广场舞展示了俄罗斯文化的另一面。放下日常，暂释忧伤，自我解压，轻松一舞——情志之高、投入之劲，竟至让人把"战斗民族"改为"歌舞民族"并以此解读其天性的程度。

【五】我们应该看到什么

每代人的目光不同。清末民初，出洋考察者见到西方音乐的情态，既惊奇又疑虑。他们的记录"奇情壮采，议论风生，笔墨横恣，几令读者心目俱眩"。[2] 刘禾曾意味深长地问："为什么萧乾（《负笈剑桥》）的眼睛看得那么多？徐志摩（《我所知道的康桥》）的眼睛看到的那么少？"我们接着追问，拒绝到美国的杨荫浏第一次迈出国门——而且是中国人当时最渴望到达的地点——究竟看到了什么？他走进从未走进过的音乐博物馆，既对自己一手建立的"中国乐器陈列室"有了自信，也对"他者"的目光有了鉴赏。他的议论与其说是中国音乐研究所与圣彼得堡音乐研究所之间的差异，不如说是"他者"和"我们"之间的区别。异域求知是他 20 世纪 50 年代重新定义自己的新视域。如今重拾这份无人记得的二三页短文，回视并重走他的路，自然交叠着两个时代、两种观念的目光。初登宝殿，喜而不寐，再阅短文，望而知重。一个相距六十年的坐标，让后人体验的就绝不只是前辈记录于纸面上的内容。

涅瓦河畔的许多路面铺着巨大石块，这种粗犷风格大概只有广袤的俄罗斯才有。河道纵横的涅瓦河，是这座城市最自豪也最浪漫的通衢。不知道杨荫浏是否站到过"阿芙乐尔"号巡洋舰停泊港湾的一侧？到达这里的中国人都会在那里俯身石栏，探视彼得大帝与叶卡捷琳娜女王打开通往欧洲大门的宽阔河床。这条河道是俄罗斯凿开视界的劈山斧钺。河床上的海风吹起过桅杆上的风帆，也鼓荡过杨荫浏翻毛大衣的襟裾，让一生从未走出过国门而略感迟慢的杨荫浏心情复杂了许多。今天，没有人知道河床上鼓满风帆的歌咏让千里迢迢而来的学者寄寓过怎样的感情。贴着冰凉的宽大石栏，嘴里默念的已经不是当年的铿锵口号，而是俄罗斯诗人的壮语豪言：

我爱你，彼得的创造，

那庄严匀称的外貌，

涅瓦河滚滚的波涛，

两岸平滑的大理石走道。

（普希金《青铜骑士》，查良铮译。）

原载《人民音乐》2020年第7期

注释：
1. 杨荫浏：《列宁格勒国家戏剧与音乐研究所民族乐器陈列室参观笔记》，中国艺术研究院音乐研究所编：《杨荫浏全集》(第十三卷)，南京：凤凰出版传媒集团、江苏文艺出版社，2009年，第57—59页。
2. 〔明〕张岱：《祭秦一生文》，《张岱诗文集》，夏咸淳辑校，上海：上海古籍出版社，2014年，第435页。

比利时布鲁塞尔乐器博物馆正面

于无声处听凤鸣
——布鲁塞尔乐器博物馆观后记

【一】综括万汇　悉备一庐

穿过 21 世纪的街道，进入 20 世纪的博物馆，聆听 19 世纪的音乐，面对 18 世纪的绘画，抚摸 17 世纪的工具，观赏几个世纪叠加在一起的文化，一点不觉得有什么不舒服。古老乐器，现代陈设，穿越时空，就是参观音乐博物馆的乐趣。

"布鲁塞尔乐器博物馆"是世界上历史最久远、名声最显赫的专业博物馆，自 1877 年就开始了为"学术目的"而收集乐器的工作。馆址位于比利时王宫附近，周边聚集着一排公共文化设施，博物馆、美术馆、音乐厅、布满雕塑的广场。宫阙楼阁，朱门石壁，门墙阶梯，窗棂楣柱，置身其中，迷不可出。乐器博物

比利时布鲁塞尔乐器博物馆中国藏族筒钦与黄泥鼓

馆在一栋老式五层楼中，外表陈旧，很不起眼。入口处右边购票，五欧元一张，左边衣帽间，脱外衣寄存。

二楼展示世界各国乐器，中国、印度、泰国、非洲、澳洲、南美，五洲俱全。三楼西方管乐器，部分弦乐器和键盘乐器，楼梯口设有书店和礼品店，出售与乐器相关的书籍和唱片。四楼西方弦乐器和键盘乐器，上面还有图书馆、管理机构、音乐厅、餐厅。

博物馆正在举办"中国乐器展"，一组"雅乐"，归置一处。欧洲人总把中国人想象为一成不变的样子，如同拖着辫子的清代遗老等早已隐退历史的模样。如果把陈旧器物依然作为中国象征，堂而皇之地摆放大堂，很容易给参观者造成当代中国仍处于旧时代的印象，像那些迎合西方口味、展示中国阴暗面的电影。正好有二十多位比利时中学生到这里上音乐课，无疑，他们对中国的

琉特琴系列弹拨乐器

印象就此种下了。一边旁观,十分纠结。既想让人家认真看,又愿意让他们匆匆走过。中国变化太快了,古老乐器早被当代人从头到脚改造过了好多遍,眉目音声,渐与曩异,索器质之,迥若两物。作为音乐家,我不知道到底是让人家了解"改革"的崭新好,还是让人家了解一成不变的传统好。"布鲁塞尔乐器博物馆"曾与中国艺术研究院协商举办"中国乐器展",即借展"中国音乐研究所乐器陈列室"的部分藏品。但院领导没同意,时任所长的我也无所用力。到了这里才知道,人家靠自己的藏品也能开辟中国专区。虽然对主办者的东方音乐学术水准略欠满足,但人家毕竟专辟台阁,毕恭毕敬介绍中国人的创造,还是让人敬佩。数量不小的乐器,总会让参观者多多少少仰视中国的古老文化。

1867—1870年旅欧的王韬在《漫游随录》中记录了他的感受:

非徒令人炫奇好异、悦目怡情也。盖人限于方域,阻于时代，足迹不能遍历五洲，见闻不能追及千古；虽读书知有是物，究未得一睹形象，故有遇之于目而仍不知何为名者。今博采旁搜，综括万汇，悉备一庐，于礼拜一三五日启门，纵令士庶往观，所以佐读书之不逮而广其识也，用意不亦深哉！[1]

鲜为人知的乐器多难指名，典籍上的名称多难指实。两厢比照，器名一统。一丛丛，一簇簇，一族族，一波波，扑面而来。

一根笛子，势单力薄；一排笛子，排山倒海。

一把提琴，孤掌难鸣；一排提琴，鳞次栉比。

一架竖琴，形单影只；一排竖琴，气势如虹。

一架钢琴，孤立无援；一排钢琴，雷霆万钧。

布鲁塞尔乐器博物馆印度乐器展区

在这里，从简单雏形到机械满体，从不同年代到并集现代，举目望去，蔚为壮观，一路看来，眼界大光。

试举一例：数十把小提琴、中提琴、大提琴，同聚一柜，分层罗列。体型长长短短，个头大大小小，琴头奇形怪状，漆色赭褐幽明。世界上最早的音乐博物馆，从百余件东方乐器开始，到囊括世界上的所有乐器为迄，藏品超过八千余件，据说仅各种式样的手风琴一项就达千件，可谓聚天下珍宝于一庐。

【二】五彩斑斓与价值向度

一个世纪前，欧洲各国工匠不约而同地开始做起相同的事，即把传统乐器提升到适合现代表达的高度。他们互相借鉴，不断创新，一件乐器刚在一个作坊里稍加改进，又被另一个作坊汲取精华，提炼提升。能工巧匠，竞相红紫，对工艺的改进和对音响

布鲁塞尔乐器博物馆钢琴展区一角

布鲁塞尔乐器博物馆花色小提琴

的追求到了无所不用其极的程度。他们越来越容不得不悦耳的动静，甚至一点杂音也不容。质料不断改进，音色日益细腻，功能日趋拓展。最后，音响世界彻底改变于机械登场和科技介入的时代。作坊变工厂，手工变机械。性能良好的新型乐器让世界逐渐认同了"标准化"。"现代化、世界化"以消灭"多样化""个性化"为代价，民间的"多样化"戛然而止于"工业化"时代。"工业化时代"是"标准化时代"，抹去棱角，去掉土腥，产品被打制得无比时尚。"现代"成了一个模子刻出来的"标准件"，再

演奏琉特琴的姑娘，约 1658 年（美国大都会博物馆）

也没有了"个性"。这是工业文明的普照，也是古老文化的沦陷。现代音乐家说不上到底是从音响角度赞赏这一结果好还是从文化角度叹息这种统一好。

好歹，博物馆让祖孙数代"悉备一庐"，让人知道这条路是怎样走过来的。传统乐器，质料薄脆，分散稀少，难以流传。19世纪开始的收集，目的有二，一是人文主义的，一是殖民主义的。前者是学术，后者是猎物。驱使动因，各怀目的。开始是兴趣所致，了解异文化，后来是学术意识越来越高涨。无论如何，收集还是为音乐家打开了视野，看到了原理相同、模样却全然不同的另类表达。博物学家，筚路蓝缕，使人类的创造未被战火吞噬。如今，大多数老器物在原生地已不复存，只能在博物馆里看到了。私人藏家，各有专攻，或某类藏品，或某地藏品，或某时藏品；附着了音乐记忆、历史记忆、工艺科技等因素的专业博物馆则呈现出诸多向度。

博物馆像一口深潭，凸显不同理念。多样性自然是削弱欧洲中心论的最好证明。既有"弦鸣、气鸣、膜鸣、体鸣"四大分类，也有"文化圈"分类，地区为经，类别为纬。世界文化，聚拢一地，主线副线，平等并列。如果仅示西方钢琴而没有中国古琴、印度西塔尔和印尼甘美兰以及非洲木琴，人们既会对博物馆失去兴趣，也会对博物馆失去信任。体现20世纪视野的布置，即使不附解说词，也应让人获得"各美其美、美美与共"的观念。

【三】对抗时间 留住历史

博物馆不但让人沉浸于实物，说明文字（英文、法文、西班牙文）及配图同样引人入胜。展品上方与之相配的照片、油画，既展示背景，也呈现活态。贵族府邸，豪宴雅集，音乐巨擘，游吟诗人……画面把演奏式样和风靡一时的生活细节描绘出来，使观众有了理解起点。几幅油画栩栩如生，反倒让现实有点虚拟了。

最生动的是一间"乐器作坊"实景——意大利小提琴制作大师斯特迪瓦利工作室。房间一般大小的玻璃房里，形态各异的工具散布桌面。切割的木料，雏形的部件，粗制的面板，成型的指板，打磨的琴头，繁杂满屋。从零件到半成品，从半成品到成品，一条龙制作，有模有样。小桌上挂着斯特迪瓦利肖像，一副老花镜摆放在桌面。让世界陶醉于他手中"神器"的主人仿佛刚刚起身，步出作坊，去舒展一下疲惫的腰身。作坊如剖面，凝冻了制作史，不仅让人了解了生产过程，也明白了乐器故事。

第一次参观国外音乐博物馆，之前听到过对专业博物馆及民间展品价值的怀疑。站到音乐博物馆里，面对数以千计、琳琅满目的藏品，就不再怀疑博物馆各分支的真实价值了。人们永远说不清世界上到底存在过多少乐器以及它们为什么千姿百态又相互

意大利小提琴制作大师斯特迪瓦利作坊模拟展区

比利时布鲁塞尔乐器博物馆管乐器，像一只大蜘蛛

联系，进入博物馆就可以摸到互通血缘的脉息了。博物馆对抗时间，留住手艺，更重要的是留住了一个行当创造的因工业时代而止步不前的原生样态。无名工匠留给了寂寞的后人一大笔消除寂寞的财富，而博物馆让这份财富不再寂寞。

虽然光线幽暗，还是抓紧拍照。有人说："有些事你现在不做就永远不会做了。"翻看相机里的一堆照片，越来越觉得不虚此行。待了差不多大半天，走出展厅时，眼睛不免被阳光晃了一下。在三楼书店买了一本《世界乐器》（*World Musical Instruments*），算作纪念。

原载《中国文化报》2012 年 9 月 17 日第 3 版

又载《品位经典》2012 年第 6 期

注释：

1. 〔清〕王韬：《漫游随录·扶桑游记》，长沙：湖南人民出版社，1982 年，第 106 页。

法国巴黎音乐城提琴展示区

响当当的来路

——巴黎音乐城游记

【一】博蒐精选 具见心力

一般人不会把音乐博物馆列入旅游计划,即使是音乐家也不一定把这个项目列入日程,但从事音乐学的人,绝对有必要将其列入观光项目,因为那里是了解学科发展史的窗口。不在音乐博物馆逛一逛,就难以形成世界乐器各美其美的胸怀。若非参观巴黎音乐城,还真不知道法国人何以提出"文化多样性"的口号,以及为什么热心推动这项事业的原委。

2005年11月,我到巴黎参加联合国教科文组织"第三批人类口头与非物质文化遗产代表作"评审会,与一群初识的国际学者在一个世纪前西方人讨论中国领土如何瓜分的地方讨论中国文化遗产如何保护。世界风云,变幻莫测,倏来忽往,蓬转萍浮。2001年,一根让中国人神经敏感的绳头又一次在巴黎抖动。这次抖动,依然绷紧了中国人的心弦。冒出许多新概念而且一冒出来就让世界吓一跳的巴黎,又冒出一个新概念——非物质文化遗产。那一年,中国的"昆曲"被列入"人类口头非物质文化遗产代表作名录",国人反应迟钝毫不在意。到了2005年,联合国教科文组织第三次评审时,中国大变。而我有幸成为这一届的评委。

中国驻联合国教科文组织办事处的苏旭帮我预定了离教科文组织总部最近的一家旅店。联合国教科文组织总部前面是拿破仑

玻璃展柜双面观赏

世界弹拨乐器一角

军事学院（拿破仑墓），再前面是埃菲尔铁塔。"风景这边独好"。一个星期讲英文的会让人高度紧张。会议一结束，就想一头扎进博物馆，一来放松神经，二来看看外国同行的展览与中国音乐研究所的"陈列室"有何不同。一大早起来，手持地图，换乘地铁，终于找到"音乐城"。结果吃了闭门羹，当天休息。11月，天气虽寒，却不冻人，一夕风雪暴作，但生活气息未被掩埋。覆盖白雪的自由广场游人如织。独自一人转悠，权作放松。

  2010年1月30日，我随中央民族乐团赴法国巴黎联合国教科文组织总部演出，心想，这次一定要实现愿望。于是，约了琵琶演奏家吴玉霞一起去看博物馆。吴玉霞的学生遍天下，一大早，学生家长便开车来接了。

"音乐城"是座新建筑,设施清新,生态极佳,与布鲁塞尔乐器博物馆的老式楼房相比,这里可是宽敞多了。布鲁塞尔的展柜都是老式的,只能从前面看,而巴黎音乐城则考虑到乐器正背面的信息,将展品置于通体透明的玻璃柜中,全身可鉴,一览无余。自己有过布展的经验,知道这般设计技高一筹,遂对主人不胜仰慕。"音乐城"共五层,分"歌剧诞生""启蒙时期的音乐""浪漫主义时期的欧洲""历史加速""世界音乐"五部分。"各备一屋,以为摆列"。[1]

法国巴黎音乐城吹管乐器一角

人不多,慢慢踱步,且行且观,移步换景,物动心移。每片展区都让人兴奋,山花满路之感油然而生。

乐器犹如躯体,几十片棱形木块构成的木琴,就是非洲人的长臂;几十根齐镳并辔的共鸣弦,就是阿拉伯人的纤纤玉指;高高低低的鼓桩,就是善于跳跃也善于

竖吹乐器,每件乐器均有说明

奔跑的印第安人的脚腿;齐齐整整的兵营枪一样的排箫,则是南美人呲笑的牙床。从大自然挑选出来、雕琢而成、作为肢体延伸

的乐器，让数百种心灵的姿势奔跑出来。布袋皮袋的风笛，钮键满身的牧笛，楮墨淡雅的船琴……转身一看，非洲木鼓上雕刻的神像竟有着孩子般天真无邪的笑脸。威武矮小、伴着兵戈铁马的军鼓，伴着姑娘出嫁弦歌起舞的库姆孜，斜阳夕照中村庄大树下年轻人拉的彩色风箱的手风琴，为学习西方文化巧扮工匠的彼得大帝手握的里拉琴……样样高吟长咏，个个中节可听。

支系庞杂又相互关联的乐器，凝结为一条长廊，把变迁史排列为一个个拨动声响的魅点。这些先民不懈探求并获得解答的声音都让世界惊诧不已。想象和寄托，无不闪耀着智慧。多姿多彩的乐器，让世界敞亮，充满童真。刚刚加入乐器分类的"新家族""电鸣乐器"也有了"横看成岭侧成峰"的阵势。

《阿房宫赋》道："燕、赵之收藏，韩、魏之经营，齐、楚

吉他世界

非洲乐器展示区

之精英,几世几年,摽掠其人,倚叠如山。"如果把"燕赵韩魏齐楚"换为各国国名,也讲得通。

  没有引人入胜的情节、缓慢又缺乏高潮的布列,只因为相同器物的聚拢,竟也达到了类似高潮的效果。华丽的竖琴是乐器家族中最靓的"淑女",占据了浪漫桂冠的顶层。"美人窝"里浓妆淡抹,但只要长长短短,就会彼此认同。没有人能抗拒近距离审视一排形制不同的竖琴的诱惑。这件于20世纪传入中国、源自西方最古老乐器"里拉"(Lyre)的庞然大物,竟然奇迹般地激活了一个在中国消失了一千年的乐器"箜篌",让敦煌壁画里各式各样的箜篌以崭新姿态重回舞台。乐器史上难得一见的外来乐器激活本土乐器的事例，既显示了中国文化强大的同化力，也显示出乐器同类家族易获共鸣的道理。

博物馆有横向坐标与纵向坐标两个剖面，博物学家引入人类学理念，"文化多样性"的观念自然被点燃。新观念使博物馆大堂流淌着平等亮色，"进化论"的理路已经偃旗息鼓。乐器是一个区域的文化代言体，进入博物馆就不再有主客之分，高低之别。国籍不是问题，形制不是问题，甚至族群也不是问题，重要的是从中感受载体托举的不同音色和不同表情。

当然，仍然可见西方人对东方文化的浅识。把中国乐器放入日本、韩国展柜，就是表现。何为"原创"，何为"采借"，需要准确的表达，系统的解释。符合人类学理念的世界音乐地图原则，不管什么时候都应该说清。看来，不带偏见地描绘音乐地图，依然不能达到理想程度。明里暗里，潜藏冲突。这自然是硬伤，会让来自原创地的参观者处于无上荣耀和无端误解的情绪拉锯中。或许，不应当要求太高。但不同文化的宿营地，应该有不带偏见地表明原点与边界的区分。

人类创造的乐器，大多数难逃速朽厄运。还好，博物馆体现的就是海纳百川。以数间大堂之约，囊括数千器物之盛，焜耀乐林，靡有所遗。法国社会学家布罗代尔说："任何事件，不论多么短暂地闪过天际，都有自身存在的价值，可以帮助我们点亮历史沉默的角落和宏大画面。"

【二】响当当的来路

如同卢浮宫差不多变成了美术课堂一样，巴黎音乐城也差不

给参观者讲"大"提琴

多变成了音乐课堂。一位中年男老师,带领几个学龄前儿童,一边参观一边讲课,我们禁不住尾随其后。老师背着一个"万宝囊",走到小提琴展柜前,便从大袋子里掏出了一堆零件,摊满一地,让孩子们一边观察一边插积木,组装成一把"自己的小提琴"。孩子们兴奋地动起手来,一边抬头参照现实版小提琴,一边趴在地上组装零件。自己动手,令人着迷,左找一个零件,右寻一个部件,终于组装成功。站在背后、心智复原到初始状态的妈妈们一起鼓掌。她们的教育背景和职业素养应是稳健群体,希望后代能在获得知识的同时获得世界意识。

到了非洲展区,老师给每个孩子一个"手琴"。手琴上有三个翘起的簧片,轻轻一拨就能发音。老师按手琴音列唱出三音旋律，孩子们接唱。三音旋律容易把握，尚未建立音阶意识的孩子也能模仿。不一会儿，便能背唱了。

走到打击乐面前，老师发给每个孩子一只小鼓。他敲出简短鼓点，孩子对节奏天生敏感，马上跟随，响连四壁。一会就能敲复杂鼓点了。各种各样的非洲鼓，高可没人，矮如矬墩，木刻盈体，色彩满身。鲜艳亮丽，一定让孩子们在获得节奏意识之余，了解了另一种"鼓语"。

最后大家一起走进飘着小提琴声的展厅。一位身材苗条的东欧姑娘在现场演奏小提琴。刚在地上插起小提琴的孩子们，现在更加注意她手中的乐器了。演奏的作品是在普及层面上改编的著名作曲家的旋律。

现场教育，太生动了，魅力无穷，让人恍然凝思。老师把藏在展柜中的乐器拉出来，让木石张嘴，让金石为开，让打了蔫般的非洲鼓滚出生命波涛，让疲软的簧舌绷紧颤动，让孩子们活蹦乱跳于节奏之中。于是，孩子活了！乐器活了！博物馆也活了！

一个人把手放在乐器上拨弄出声音，看不出有什么变化。但一个个音符，一首首乐曲，一段段旋律连接起来，便会在心灵深处生出判别区域、体验风格的经验。无数次经验，便生出世界概念。于是，欧洲、亚洲、非洲、大洋洲的音乐落地生根。巨量乐器库就是抑制本土意识和植入世界意识的孵化地。别小看博物馆里走一圈或触摸器物的经历，它可以让人耳听八方，再也不是"单声道"了。

看着孩子们的灿烂笑容，心中暗想：如果我的童年也被彬彬有礼、笑容可掬的老师领进一座布满乐器、金碧辉煌的博物馆大厅,人生来路,该是多么明晃晃和响当当啊!

【三】视野与宽容

不知不觉忘了置身博物馆,直到饥饿汹涌而至。幸好吴玉霞的朋友在巴黎牛排连锁店订了座,精神漫游后立刻享受法国大餐:鹅肝和牛排。饭后沿塞纳河边散步,在卢浮宫一侧,钻进一家咖啡馆。午后,享受巴黎左岸的冬日艳阳,更享受这条大河上飘荡的新理念。

为什么一座国际性大城市一定要建造一座音乐博物馆?为什么要汇集一类物品借以展示一个领域、一个学科的全貌,以便让人了解非汇集该域全部创造便难以得见的宏阔?这就是专业博物馆的力量!它把单独看起来难以连接的脉络衔接起来,展示出一

玻璃柜里的爵士乐编制组合

非洲木琴

个王国的整体,展示出世界各地同类乐器相互交通的内在理路。既然一件乐器是呈现一方水土的载体,那么全部乐器就是呈现世界的视野。这样的空间,厥功至伟。

20 世纪人类学异峰突起,早期进入东方的西方学者,既是探险家也是博物学家。他们把当地人不在意的乐器收集起来,从而在更广的层面上保护了人类遗产。参与萨义德"东方主义"共谋的西方人深入边陲,让改变世界历史的收集不但成为殖民者的副产品,而且成为宣召文化的主产品。世界已经融为一村,如果非要定义"殖民主义"而后可,则五洋之奇不为观,四海之器不为睹,泰国木琴不进于前,非洲木鼓不立于侧,何以饰大厅、充展柜、悦耳目、娱心意、开胸臆?

响堂

学术界越来越认识到，学术行为不一定非要与殖民概念绑架在一起。评价一件事不仅要评估执行者的意识是公共收藏还是据为己有，还要判断收集者的动机是学术性的还是功利性的。假如没有像德国音乐学家霍恩博斯特尔（Erich Moritz von Hornbostel，1877—1935）那样纯粹以学术研究为目的，甚至自己掏钱雇人到世界各地收藏乐器并建立博物馆的人，将"把鸡蛋搁到一个篮子里"的精神发挥到极致，让包括中国乐器在内的世界乐器未能"荡为清风，化为冷灰"，为无人收养的"落魄者"找到归宿，我们对音响世界的了解就没有现在这样全面，因为除了像中国有陈旸《乐书》《律吕正义》之类的类书图册可以证明乐器来路的线描图外，大部分地区的乐器史上那条从古至今的直线已经压根不存在了，而霍恩博斯特尔与萨克斯则在广泛收集的基础上，为世界乐器绘出了现代意义上的精准图版和宏大版图。

原载《人民音乐》2019 年第 5 期

注释：
1. 陈平原：《大英博物馆》（外二种），北京：生活·读书·新知三联书店，2017 年，第 73 页。

法国巴黎音乐城电声乐器展示区录音台

沉默是金

——巴黎音乐城拾音设备一瞥

巴黎音乐城最令人想不到的一类藏品，是自录音机诞生以来的各种拾音设备。与现代音乐生活密切相关却往往不入收藏者"法眼"的"机器"，自然是音乐的新载体。对于20世纪的音乐史而言，记录载体已非乐谱、文字，还有唱片、磁带。有了堆积如山的唱片、磁带，若不保存与之配套的拾音设备，就等于憋在肚子里的金玉良言没有吐出来，锦囊里的妙计没有抖出来，库房的刀枪剑戟没有用武之地,"茶壶里的饺子倒不出来"!播放器材,一拨一拨,花样翻新,层出不穷。好新奇、赶时髦的国人把"过时"的"戏匣子"弃之如敝屣,而巴黎音乐城却显示出非同一般的见识,将之逐一悉入囊中,要什么有什么,用什么拿什么。

  这些藏品让我震动的原因,是因为数年前中国艺术研究院音乐研究所为了再次听到阿炳的原始版《二泉映月》,不得不请回早已退休的老技师,修复本以为"再也派不上用场"的"钢丝录音机"的事儿。如果想听听阿炳演奏的原始版《二泉映月》,看着手边的钢丝录音带,就是找不到匹配的播放设备,想想多可怕!如果想听听聂耳演唱的原始版《义勇军进行曲》,看着手边的78转唱盘,就是找不到匹配的磁针唱机,想想多可怕!如果想听听吐尔迪·阿洪演奏的原始版《十二木卡姆》,看着手边的开盘录

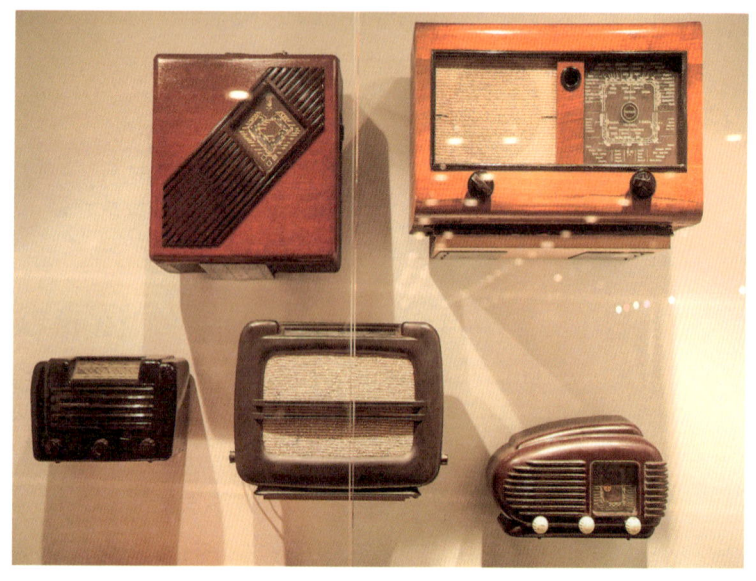

20世纪中期播音设备(斯洛伐克国家剧院展厅)

20世纪中后期录音设备（斯洛伐克国家剧院展厅）

20世纪中后期录音设备（斯洛伐克国家剧院展厅）

音带，就是找不到匹配的开盘录音机，想想多可怕！然而，物到用时方恨少的可怕何止鞭笞过我们千百次！

这时候，再看21世纪的巴黎与20世纪初冼星海、马思聪到过的巴黎并没有什么变化，再看塞纳河中的小岛与19世纪肖邦来时的小岛也没什么不同，你就能理解巴黎人坚持"古老"的理由了，也就能理解法国音乐家收捡"老掉牙"的"留声机"和"戏匣子"的理由了。

我们收藏了数以千百计的开盘录音带，却不收藏开盘"留声机"；我们收藏了数以千百计的硬木唱盘，却不收藏唱片机。这就意味着它们躺在那里再也找不到回家的"路径"！如同新媳妇非要"八抬大轿"才"出阁"而新郎找不到如此隆重又如此俭朴的"轿子"，眼瞅着媳妇抬不回家，只有抓耳挠腮！任你有"悍马"，任你有"奔驰"，人家非要"八抬大轿"！就这么"任性"！要想去"威虎山"，就得划雪橇；要想去"沙家浜"，就得划木舟。只有这些"衣冠简朴古风存"的地方，才能遇到"春社"，才能听到"箫鼓"。任你有飞机，任你有高铁，没有这些俭朴工具，你就达不到目的地。每一个目的地都有一种到达的路径和送达的载体，雪橇、舟楫、骆驼、汽车、火车、飞机，谁也无法相互替代！"捡了芝麻丢了西瓜""狗熊掰棒子"的模式，像自己挖的坑，没人清楚将来会带来多少麻烦。"关山难越，谁悲失路之人？"（王勃《滕王阁序》）。

法国人把拾音设备悉数收纳，让作为同行的我们感到惭愧。保留器材是一把标尺，以此衡量学科意识。我们很快发现，自己不但丢了对于学科史来说意义非凡的设备，而且丢了学科意识。

基础资料要是到了找不回"来路"又"不知归途"的程度,就缺失了纵深度。

1889 年,爱迪生带着自己发明、刚满周岁的留声机参加巴黎世博会,瞬间成为埃菲尔铁塔下的明星。人们排上几个小时的队,不仅是为了听听播放的法国国歌,更是想听听自己的声音——那种"历史上还从来没有人能在闭上嘴后听到自己熟悉又陌生的语调"。录音机是 20 世纪的发明,但所记录的音乐却不限于 20 世纪,

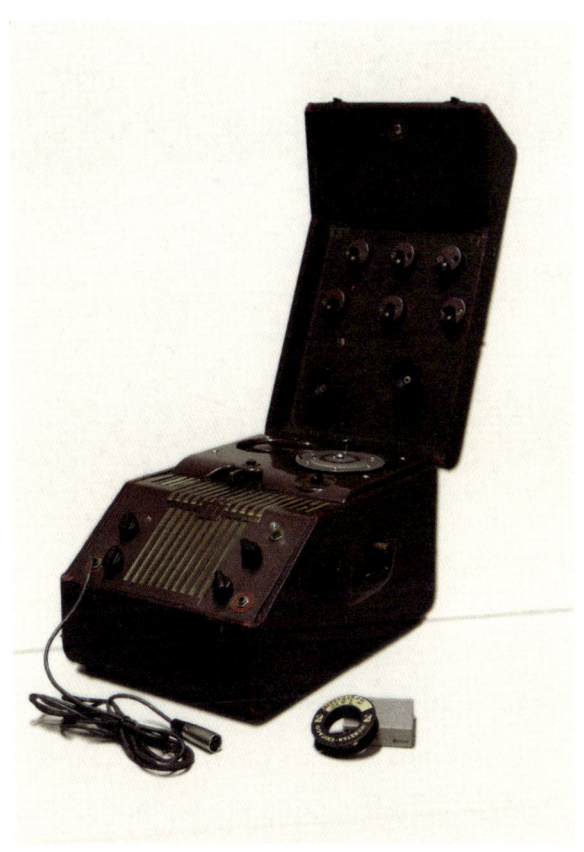

中国艺术研究院图书馆保存的钢丝录音机与钢丝录音带

Ruth Stone 《民族音乐学理论》插图早期录音

那是积累了上千年的财富。人们需要的不但是唱出来而且是"闭上嘴后"还能继续唱下去的音乐史,而非闷在"茶壶里"的"哑巴音乐史"。能为后人播放与爱迪生一样年龄的"祖先"胸声的,就是"通上电""转起来"就能让《昨日重现》的"笨重机器"。声音之所以不再"卷地风来忽吹散"(苏东坡《望湖楼醉书》),

就是因为"轻飘飘"的音响背后站着"硬邦邦"的"戏匣子"！音乐学科既古老又年轻，既站在几千年来默默无闻的书谱上，又站在一百年来轰轰隆隆的机器上。

巴黎音乐城让人在拾音设备史中走了一遍，主要式样一览无余：钢丝录音机，滚筒录音机，像开着喇叭花一样的手摇唱片机，家具一样的台式留声机，笨重的开盘录音机，单声道、双声道、多轨道专业录音机，流行舞台上闪闪发光、线路密布的调音台……处于庞杂之间而不觉得枯燥，当然是因为看到了递进关系。拾音设备是一部"机械化"不断升级的媒介史，中间哪个环节断了，都会让处于那个环节上的声音消失。所以，每个"环节"都有存在的理由，"一个都不能少"。它们是历史的亲历者，也是历史的见证者。

对于一路向前看的发烧友来讲，"老掉牙的留声机"当然瞧不上眼，对于一路向后看的音乐史学家来讲，吱吱啦啦的"戏匣子"却意义非凡。即便亲历过SP（快转唱片）、LP（慢转唱片）、CD（激光唱盘）祖孙三代的古典音乐爱好者，也会从老式唱片中感受到与Hi-Fi音响大不一样的味道，如同胶片照片和数码照片各有千秋一样。老式拾音器确已退出一般人的生活，但音乐家依旧把它作为音乐史的标点乃至个人记忆的标点，从中获得还原乡音和品味时光的情味。

看完博物馆，有雅然不尽之意。出来长舒一口气，坐在石凳上发呆，满脑子想的是什么时候能在中国音乐博物馆里看到这类收藏。中国不是没有设备，而是没有意识。如同中国的一线城市，高楼大厦，美轮美奂，外观上已可与欧洲城市媲美，但一场大雨就打回原形，暴露出地下系统的短板。国人称奇的巴黎"地下系统"，既让人感慨设计者的远见卓识，也让人惭愧我们的皮面浅近。埋藏于地下的网络如同隐藏于音响背后的设备，给人以同样的启示。它们平日里沉默寡言，藏踪秘迹，一旦需要，就能梳脉通络，越阡度陌。眼前晃动着录下人类"闭上嘴巴后"还能听得见声音的第一缕钢丝和扯动钢丝的"笨匣子"，只觉得耳畔音响浩荡，淹没了清醒。

原载《中国文化报》2013年8月1日第11版

日本滨松市乐器博物馆东南亚竹管编列乐器正面

钟万石而可撞
——日本浜松市乐器博物馆参观琐记

【一】参差并作 喧繁满室

几十年前孤陋寡闻，从未听说过哪种编列乐器还能像"钟磬乐悬"一样规模宏大，直到看见甘美兰。金光灿灿的一排排"小火锅"和一列列铜制"方响"，阵容庞大，豪气冲天，不但规模上绝不次于"钟磬乐悬"，而且以其全然不同的"音体系"让世界音乐家服服帖帖坐到"火锅"前享受"文化大餐"。非同凡响的编列，的确让人领悟到，辽阔的文化空间还存在着另一类编列意识相同而形制完全不同的乐器。同时，中国人观念中不列"四大文明"之序的印度尼西亚，也证明了一个国家的文化形象在当今世界格局中的影响力与"几大文明"毫无关系。甘美兰因胡德的论说成为"世界音乐"的焦点，世界上几乎所有综合大学音乐系都常设其器。挡不住的影响力可以视之为民族音乐学立足世界乃至让创立者喜不自胜的明证，成为世人不可小觑"世界音乐"何以大张旗鼓的支点之一。这一点足以令中国音乐家改变"乐悬""独步天下"的自诩。

虽然有过这类经验，但在日本滨松市乐器博物馆看到东南亚竹制编管的辉煌壮观，仍如五雷轰顶，有了再遭颠覆的震撼。管风琴一样的粗筒子、细筒子、长筒子、短筒子，密密麻麻，层层叠叠，对我的冲击绝不次于初次见到甘美兰。其细管之声清以越，

日本滨松市乐器博物馆大厅

悬挂瓶子的艺术造型

中管之声纯以婉,粗管之声缓以苍。独鸣合集,各有态响,参差并作,喧繁满室。闻所未闻的"悬竹"编列无论如何都超出了想象力。

竹管编列何以能够达到如此庞大的阵容,对我而言仍然是个难解之谜。莫言的《会唱歌的墙》或许可以部分解释"编列"何以在各个地方层出不穷的谜底。

莫言家乡山东高密的东北乡有位老人,无依无靠,没有家业,唯一的爱好是拣酒瓶子,当然不是为了赚钱。老人将酒瓶子在面向旷野的家门口垒成了一道墙:

这道墙是由几十万只瓶子砌成,瓶口一律向着北。只要是刮起北风,几十万只瓶子就会发出声音各异的呼啸,这些声音汇合在一起,便成了亘古未有的音乐。在北风呼啸的夜晚,我们躺在被窝里,听着来自东南方向变幻莫测、五彩缤纷、五味杂陈的声音,眼睛里往往饱含着泪水,心里常怀着对祖先的崇拜、对大自然的敬畏、对未来的憧憬、对神的感谢。……会唱歌的墙昨天倒了,千万只碎瓶子在雨水中闪烁着清冷的光芒继续歌唱,但比之从前的高唱,现在则是雨中的低吟了。值得庆幸的是,那高唱,这低吟,都渗透到我们高密东北乡人的灵魂里,并且会世代流传下去。

泰国围锣一种

世界各地的木鼓一角

东北乡与东南亚相隔十万八千里，两道"会唱歌"的"墙"采用了相同的组合方式：同类材料，同类形制，汇聚而成。一旦达到一定规模，对于音响而言，就不是"简单相加"那么"简单"了。一起发动，风声鹤唳，效果无与伦比。"裘一腋其弗温，钟万石而可撞"（清代王芑孙《读赋卮言》）。

一类编列当然不会相似于另一类编列，但都是相类物体不断累加的结果。选择什么质料取决于当地资源。东南亚老百姓把竹管乐器编组到蔚为壮观的规模，无疑也是因地制宜的创造。他们以南国资源彰显独一无二的音色，东北乡的老人以玻璃瓶彰显独一无二的音色，都是"编列"的极致表达。各地百姓采用身边材料组建方阵，"会唱歌"的"竹林"与"会唱歌"的"酒瓶"，如同黄铜的甘美兰和青铜的钟磬乐悬，都是一个族群构筑的"会唱歌的墙"，同样充满"对祖先的崇拜、对大自然的敬畏、对未来的憧憬、对神的感谢。"

一辈子没出过远门甚至一辈子没离开过家门的东北乡老人，在懵懵懂懂的驱使下，神不知鬼不觉激活了"编列"。他当然不知道古代有"乐悬"，却萌生了相同的组合意识。由此而论，"编列思维"可以称之为一种类似人类本能的排列方式。

印尼甘美兰与东南亚竹管隔空交越，之所以未能产生关联，当然是因为此前不具备把两者串联起来的视野。狭隘来自单一教育。几十年前我们几乎不知道世界上还有其他编列阵容。不知道甘美兰，遑论东南亚竹管、泰国围锣、泰国船琴、非洲木琴！一概不知也一概不理！好像世界只有一种声音。转变来自视野的一次次扩宽和心灵的一次次震撼……它们一次次纠偏，让我们了解了形形色色因地制宜的"编列"。

早早触碰异文化是件幸运的事。没有谛听，就不知道还有另类表达，尤其对于渴望在比较中获得新知的学科来讲。以前我们像东北乡老人一样，只能朦朦胧胧感受一种声音！自我批判当然不止于对单一教育体制的讨伐，还想借此说明，切莫坐井观天。扭曲让我们绕了许多弯子才找到正确的道路。然而，一个事实却不容回避，充分欣赏世界声音的心理已在少年时代无可挽回地失去了。我们不能像欣赏西方古典音乐的所有细节一样，游刃有余地欣赏印度音乐和非洲音乐,其中的细节难以领略。即使费了很大气力也难以改变声音观念以及由此植入的世界观。

【二】丝竹弦管 影像并列

浜松市乐器博物馆的大堂相当宽阔,众多乐器,灿列如锦。设计式样一致,下摆乐器,上置图片,中放录像。高低深浅,相互参见。最重要的是,所有展品都没有隔着一层玻璃柜,裸露展示,近在眉睫。比起"各物之所,隔以玻璃,纤尘不染,而他物不得掺入"[1]的早期展览模式,这种方式当然是充分相信参观者的素养。那等于告诉参观者:"相信你不会动手动脚。"如此布展,想到音乐家心里去了!

最令人可心的是,博物馆安装了视听设备,触摸屏、电视、投影,轮番播放。展厅一角还设置了许多小隔间,让观众坐在灯光幽旷的小室中独自欣赏。这些设施都是中国音乐家渴望做而未曾做到的。音乐博物馆不应该是个安安静静的地方,到这里来的参观者需要听动静、看演奏、观仪式、察背景,这样的博物馆必须要有特殊设计。我们不是走马观花式地扫两眼"静物"的人,也不是像看唐三彩、青花瓷那种不会发声的器物就满足的人,音乐家不光看展品,还要看展品如何发声以及在民俗中发挥功能的现场。没有录像,乐器就如唐三彩、青花瓷一样无声无息,那不是音乐家想要的。浜松市乐器博物馆的特殊之处就在于想到了音乐家而且是从事人类学研究的音乐家的愿望。这份细心令人感激!

我们知道汗流如注的专业人员扛着数百斤设备走进非洲丛林

乐器上方悬挂电视屏幕播放影像

再聚集数百人参与歌舞狂欢的录像来之不易，知道在热闹的人群中把镜头摇到演奏者面前的聚焦有多么专业，知道跨越天南地北的人类学家游说捐款人获得资助投入花费巨大、毫无回报的事业有多么苦口婆心，那是每个从事田野工作的人都能揣摩到的艰难曲折远远超越学术范围的途程。这一切竟然能在安安静静、舒适干净的小隔间里"得来全不费工夫"！

我们对于自己音乐博物馆的遗憾有许多，其中包括没有利用收集来的乐器充分阐述音乐人类学理念，包括没有从新理念出发让更多于参观之际发出哇哇叫的学生获得文化族群的整体印象，包括没有以整体方式让人轻轻松松获得感知世界文化印象的渠道。而这一切就是因为当年没有把丝竹弦管与影像并列的条件！

这是什么方式呀？走着走着，展品变影像，静态变动态，历史变现实，遥远的变眼前的！这不是博物馆人梦寐以求、千呼万唤、理念与媒体"双重轰炸"、渡人轻舟的便捷方式吗？持续播放的人类学影像改易耳目，开拓心胸，见到了一辈子都难亲临的文化现场。走累了，不用走了，坐下来看就行！

【三】日本：作为一个比较话题

日本是一个不好说却也是不得不说的话题。虽然日本人因为征服东亚的野心，有欲穷天下珍宝的野心，但那种"席卷天下，包举宇内，囊括四海之意，并吞八荒之心"[2]，其实也包含有一些正当的学术行为。日本学者收集了大量亚洲国家的民间遗产，这是当时这些国家限于条件自己做不到的。他们中许多人不得不被裹挟到那场旷日持久的非正义战争中，但也在人类学领域关注到中国人当时尚未曾问津的乡土文化。这些印象是第一次读到日本学者记录的中国民间乐器时获得的。今天在浜松，看到了日本学者收藏的中国乐器，如同第一次看到 NHK 录制的五十集《世界音乐》录像资料和相配的英文解说，如同第一次看到德国音乐家编辑的《世界图片音乐史》，产生了不得不钦佩的感受一样。我们没有这样做，至今没有一家博物馆有过切实可行的收藏世界乐器和活态遗产的计划。除了财力不足，眼光不足，还有什么不足？

> 我们不能只在东西方之间或者一国的内部谈论中国现代史，更不能因侵略战争导致的仇恨而忽视中日乃至东亚区域彼此纠缠在一起的种种复杂关联。

在思考 20 世纪中国和中日关系问题的时候，我们同样需要这样一种"同时代史"的感受视角和关怀向度。[3]

中国艺术研究院音乐研究所乐器陈列室中很少一部分外国乐器都是外国代表团参观时赠送的。需要思考的是，在相同的岁月里，日本音乐家开始收集世界乐器的工作，而在"同时代史"的视角和向度来看，我们则因闭关锁国而未能获此机遇。

同样是乐器博物馆，中国的从业人员在学术意识上一点不比别人差。中国乐器陈列室从来没有汉文化独尊的偏见，不同族群的器物都成为千里寻访、百方觅求、一视同仁的宝贝。高高低低

竹管编列中最粗两组竹筒

日本乐器展区

"集团军"般的芦笙就是一例。望着在当地不足为奇、在北京却弥足珍贵的"长颈鹿",真不知当年的收集人简其华等老一代学者是怎样把占据半个火车车厢的"超长大件"弄回来的。令搬运者殚精竭虑的展品成为坐标——不但在国家话语中体现了少数民族文化的"自我重塑",而且影响了少数民族对族群文化的认知。长长短短的芦笙,各种质料的口弦,无一不从"偏远"走向"中心"。它们不仅代表了品类繁多,更重要的是让持有人获得从文化层面到政治层面的话语权。收集者没有偏见,如有机会,他们会像"西自空桐,北过逐鹿,东渐于海,南浮江淮"(司马迁《史记》)的前贤一样收集少数民族乐器和世界乐器。但历史没有给

响堂

99

予这样的机会。于是两个功能相同的博物馆出现了大相径庭的景观。一个世界的，一个中国的。缘分不够、世道不公、条件不熟、天不佑人？看着人家把世界乐器衔木营巢，积土为山，自然心里酸酸的。这样的"同时代史"向度的对比，让人感慨莫名！

读过本尼迪克特《菊与剑》的人，都会对日本文化的双重品相印象深刻。被总结为尚礼而好斗、喜新而顽固、服从而不驯的日本人，有种无畏的探险精神，这种精神在音乐博物馆学的建设中造就了诸多令中国同行惊奇的业绩。鲁迅说："我想日本人的长处就是不论做什么事情都有像书里说的那样把生命都搭上去的认真劲儿。"[4]到日本参观的一拨拨中国文化人异口同声承认那里的传统保护得好，不仅接受而且愿意按照日本保护"无形文化财"的规则，修改自己"只讲发展不讲保护"的规则。不得不为之改动的行为准则都为了一个目标：改善自己的话语方式，使之更容易融入世界。

【余语】

一个人坐在小隔间里看录像，那一刻其实我的眼睛开始有点模糊。一是被音乐打动，二是为建设者充分理解音乐家的所求所需，因而在呈现方式上让人轻松看到"整体"的付出而感动，三是为自己的博物馆因为没有世界视野而捶胸顿足。管理员大概不知道也不在乎有位外来者在隔间里哭天抹泪。他们的完美让中国同行惭愧。交织着复杂感情的中国音乐家不得不对先行者的眼光和付诸行动的功效报以尊敬。学者的行为纠正了学者的偏见。日本与中国都是礼仪之国，客人开心了，大概守望的主人也会开心。

前些日子流行过一句话："喜欢这种东西，捂住嘴巴，也会从眼睛里跑出来。"到了浜松市乐器博物馆，即使我们想"捂住"赞美的"嘴巴"，由衷的"喜欢""也会从眼睛里跑出来"！

多元世界，多种声音，没有博物馆的时代犹是懵懂，有了博物馆而没有影视人类学记录的时代也是懵懂，有了现代媒体的博物馆才让懵懂变为清晰。一般人接触的乐器和其使用仪式的关联都是碎片化的，贯穿于历史纵线和民俗横断面的纪录片则把碎片串联起来，让人看到挺举祖先灵魂的乐器与祖先的"肉身"以及祖先正常吐唱之间的关联。

原载《人民音乐》2018年第4期

注释：
1. 陈平原：《大英博物馆日记》（外二种），北京：生活·读书·新知三联书店，2017年，第73页。
2. 〔汉〕贾谊：《过秦论》，〔梁〕萧统编、〔唐〕李善注《文选》（六），李培南、李学颖、高延年、钦本立、黄宇齐、龚炳孙标点整理，龚炳孙通读。上海：上海古籍出版社，1986年，第2233页。
3. 赵京华：《构筑中日间的东亚同时代史》，《读书》2017年第11期，第69页。
4. 吴真：《被鲁迅记忆抹去的薄波先生》，《读书》2017年第11期，第13页。

澳大利亚墨尔本博物馆原住民木舟

读树声
——澳大利亚博物馆琐记

【一】木头的世界与森林的权利

2019年在澳大利亚墨尔本参观联合国教科文组织命名的"文化遗产圆形大堂"及一侧的"澳大利亚历史博物馆",明显感受到政府与社会各界对原住民文化的尊重。美国政府对印第安人道歉,加拿大政府对因纽特人道歉,澳大利亚政府也对原住民道歉。曾经以非人道手段攫取地盘、赶走原住民并泯灭其文化的行为,已被视为人类所犯最大量级的罪行之一。现在的反转是世界各地原住民与社会各界团体为争取平等话语权而不懈努力的结果，也是人类检讨过去、逐渐弥合世界各类族群关系的结果。

澳洲各博物馆不约而同地收集了大量原住民器物，不同时间、不同地点的收集当然是在断断续续的过程中逐渐得以强化的，到了今天，这类收藏已经相当系列化、规模化，而且成为澳洲博物馆区别于世界其他博物馆的亮点之一。

生态博物馆改变了以往日常物品与使用空间的切割设计，许多展厅配置了半圆弧形银幕和立体音响设施，循环播放器物的制

澳大利亚原住民竖立的木鼓雕塑，分为公鼓和母鼓

作与使用过程。坐下来倾听传承人讲述，就是现代博物馆从原住民的"被表述"向"自表述"的转身过程。一个个展厅，慢慢走下来，就能对大洋洲文化有大致了解。整木雕琢的舟楫占满阔大空间，船体离鼻尖三寸远，能嗅到海洋气息，也能置身古老舟楫所代表的漂移系统到博物馆外停泊的巨大游轮所代表的现代航运的时差切换中。船身中的渔夫曾在"大洋路"湛蓝的海湾中悠闲地歌唱，曾在以耶稣荣耀命名的"基督岛"巨石周边——与原地名势不两立的奇怪混合名称——自由穿梭，扣舷而歌。

雕着图腾的巨大木鼓，让人想到这截粗大的树干经历了多少年头，如同松木、橄榄、红木在"千年的尺度中静数岁月"的树种一样。中国木鼓横躺放置，澳大利亚木鼓竖立如柱。不同立点，就是脚踏黄土地的中国人与穿梭密林的澳洲原住民之间的不同击点。粗大的木鼓对于原住民来说，如同"商彝周鼎、宣铜汉玉"对于汉民族一样，同样是精血诚聚、捍卫族群尊严与完整的标志，毫无愧色地代表了大洋文化。

美国作家戴维·乔治·哈斯凯尔的《树木之歌》（*The Song of Trees: Stories from Nature's Great Connectors*），描绘了十二种环境与十二个种树的关系。作者在每一章谈论一种树的声音及其情感反馈。"植物的叶子拥有最丰富的口才，它们演绎着雨的语言。"作者用大量的状声词来形容地球表面最大的绿色板块亚马孙森林终年不断的"泪珠"（这些形容有赖于翻译的精致转述），"像一把小小的鼓槌"敲打叶片的声音，"噼里啪啦的打字声"，"刺耳的摩擦声"，"大象耳朵一般的叶子上低沉的嗒嗒声"，"吧嗒吧嗒""滴答滴答""嚓嚓声""窸窣声""嗡嗡声""噗噗声""咻咻声"以及"听起来仿佛数以千计的上了发条的钟一般释放着张力"的树声,打开了人类与植物的关系之门。倾听树木,理解植物,这样的讲述让音乐家懂得树木与万物之间的联系而发出的声音。作者描述了许多可称为"树王"的形态:

> 令我产生植物学上的目眩和兴奋的,莫过于一棵吉贝(Ceiba pentandra,当地发音为"赛博")。环绕树干底部走上一圈,大约二十九步,有几条板根从中心向外呈辐射状伸展开来,这些侧生根系支撑着树干,从我头顶之上的地方长出,然后向下斜逸,隐入森林地面深处。树干胸径三米,是支撑万神庙的支柱的一点五倍。尽管尺寸蔚为可观……没有几棵吉贝能生存数百年。生态学家们估测这棵树

澳大利亚博物馆原住民木鼓之一

澳大利亚博物馆木制渔具

彩绘树干，树的造型会是这个样子的

的年龄在一百五十岁至二百五十岁之间。吉贝的高大并不是因为经久岁月，它的树苗每年能蹿高两米，是以牺牲木材强度和减少植物化学防御力为代价而快速拔高的。这棵吉贝的树冠（最顶端的树枝）在离地大约四十米（相当于人类建筑中的十层楼）处形成了一个宽阔的穹顶，比周围的树木还要高出十米……目之所及，另有十二棵吉贝，都在树冠层上冒出了不均匀的圆球，撕开了周围的树冠所构成的平整表面。[1]

它们可不止于高大和相当于罗马万神庙支柱一点五倍的胸径，还有对当地人来说特殊的发声与引路功能。

即便是对于熟悉密林深处生活的瓦拉尼人（Waorani），在森林里迷路（特别是晚上独自一人时）也是他们最害怕的事情。如果瓦拉尼人真的迷路了，他们会找到一棵吉贝，并把它当作传声筒。他们敲击树的板根来振动整棵树干，植物吟唱的低音会召唤来朋友和家人。这些盘根错节中发出的呼唤将会救你一命。吉贝极为高大，这使得它能够用一种人类的尖叫所无法企及的方式来喊叫。听到空气中传来的振动，你的伙伴便会前来。这个方法对寻找走失的孩子特别有用。他们的家人知道哪里生长着巨大的吉贝。声音既是警报也是向导。猎人和战士也利用吉贝发出猎杀的讯号。在瓦拉尼人的创世故事里，吉贝是生命之树，这也许并不是一个巧合。[2]

看到这样的记述才能了解，树的声音可以救命！澳洲最丰饶的资源是森林。长林古木，连山布冈。想去墨尔本"国家公园"，手机导航，误入沙土道，反而见到了难得一见的密林。汽车在缓坡和黑越越的林中穿行，到处是一无所知的高大树种。簇簇油漆般的黑树丛分布于褐色山体上，蕨类植物生根的保水草甸，使潮湿气味贴地而起。深林"万木参天，仰不见日"。[3] 有这样的资源，涂满色彩的木雕自然成为艺术想象的载体。色彩斑斓的木制品，反映出当地人与环境超越主客关系的世界观，颠覆了"人类作为主体单方面地去主宰被视为客体的地球上的其他成员是正确的和合理的"的观念。梁治平《我于你：一种法哲学视野中的人地关系》中说：

> 当我凝视一棵树时，作为经验对象的树可以依其属性向我呈现出不同样貌，如此，我将树分解为不同功用而加以利用。然而，我在凝视一棵树时也可以进抵另一种境界……这时，树不再是经验的、分析的、计算的、工具的、对象化的外物，而是"我之外真实的存在。它与我休戚相关，正如我与它息息相通，其差别仅在于方式不同"。[4]

法学家梁治平认为：原住民的某些前现代观念和惯行，保留了许多人类尚未脱离自然母体时的印记。部落文化有"一种非常真实的归属感和作为一个由现世的人、故去的人、即将出生的人,以及非人类生命体构成的更大环境或社会之组成部分的存在感","尊崇那些在他们看来是恒定而非人定的法律和准则"。

人类对自然的无视与其说是以我为中心,不如说没有从更高远的视野理解人与自然相互包容的关系。站在生物链最高位的俯视和利用,是否剥夺了其他物种在自然状态下生存的权利?原住民的理念唤醒了敬畏一切生命存在的新伦理观。

2020年澳大利亚森林大火引发的焦虑,南美洲绵延一万六千平方公里、每公顷土地上生长着六百多种植物的亚马孙雨林的燃烧,牵动着所有人被大火吞没的数千只考拉,被铁丝网缠住手脚的烤焦袋鼠,焦黑树干下无数鸟群的残骸,互联网远程播放的滚滚浓烟上一架直升飞机撒下杯水车薪般的人工雨……疯狂砍伐和夺去森林所有角落数以百万动植物生命的大火连同夺去城市里数以百万计生命的肆虐疫情,让人类饱尝了破坏自然的代价。成片森林变成一根根光秃的焦桩,本可以发出呼啸的浓枝密叶,像失声的哨片一样在浓烟中化为尘埃。急剧的气候变化、污染以及不加约束的捕猎、开采、旅游,给地球上的自然景观带来持续不断、日益严重的威胁。人类不得不面对聚于连年之内连排大浪般拍打而来的灾难提出的质疑:人与动植物之间应该怎样共处?巨大灾难导向新的伦理之维——自己活着与动植物活着才是完整的地球。如果不是全球性灾难,原住民于数个世纪前建立的宇宙观依然不会进入我们的感知系统。这让人类重新认识原住民安顿自身又尊重自然的智慧。

博物馆的海量信息中，有一句原住民"老树的话"让我震惊："请别斩断我的身躯！"这句哀泣，此时听来，震耳人心。演绎制作木鼓仪式的录像中，一棵倒下的大树让我第一次意识到植物死亡的轰鸣，也是第一次体会到原来看上去坚固与理所当然永远站立的高大存在，在轰然倒塌的一刻，锤击地面的如捣如舂。"喑呜则山岳崩颓"（骆宾王《为徐敬业讨武曌檄》）。沉闷的木鼓和沉重的节奏，根植于另一套根脉，宣示了比人类更长远的生命和它们告别森林的孤独。"老树的话"不再只是过往的浅显寓意——万物有灵、图腾崇拜、人格比拟，而是从庸常逻辑中提炼出的更高远的宇宙观。

【二】迪吉里杜

澳大利亚原住民的标志性乐器"迪吉里杜"（Didjeridu），长度可不像一般管乐器那样，它高大得就是一整棵树。

迪吉里杜的制造过程十分有趣。澳洲白蚁的食物是树木，但白蚁只蛀内瓤，不蚀树干，结果就剩下了光秃秃的树干。原住民砍下适宜的树，插在白蚁洞穴上。如此一来，白蚁得到食物，人得到乐器，两厢便宜。追求与收获之间原来可以这样衔接。

迪吉里杜如同原住民的其他木制品一样，通身涂画，色泽鲜亮，画黛如云，累累满树，穿着各不相同的"花衬衫"，迪吉里杜就成为无数颗心灵的姿势。

迪吉里杜不但可吹，还可以敲。吹以示响，击以示节，声节互补，合二为一。打击归打击、吹奏归吹奏的分类，在它身上讲不通了。我们的"所指"与人家的"能指"有不同性质，人家的

迪吉里杜 Didjeridu（澳大利亚悉尼博物馆）

概念兼而有之。

  乐器虽被殖民者压抑了许久，但威力被重新唤回，不但博物馆展示，街头艺术可见，节日期间还登上了音乐厅。著名演奏家在交响乐协奏下，登上大雅之堂；街头双人合奏，把迪吉里杜架在旋转支架上，号嘴面向不同角度，唯恐众之不睹，声之不彰。两人或站或坐，俯身低头，视角永远是离嘴巴三到五米长的顶端。两支长度、粗度不同的迪吉里杜，就能吹出多声。

  原住民音乐的记录，原来大概与阿炳《二泉映月》相同，现代录像技术则使其成为通识知识。展品多标记出乐器名字、制作年代、制作者名字，这类信息体现了博物馆对制作者个体的尊重。

一眼看上去差不多的迪吉里杜，各有名称。给乐器起个名字的习俗绝不像中国文人给古琴起个雅名那么矫情，而是来自考古学家苏秉琦所说的"斗鸡台羊倌可以辨认羊群中每只羊并喊出名号"的分类。许多民族保留着对每只狗、每头牛、每匹马、每头驯鹿、每棵大树、每个山谷、每道海湾的命名，因为动植物与自然景观是他们生活的一部分，由此形成了类型区分。乐器店老板煞有介事地讲述祖先灵魂埋藏在乐器中的故事，且不管可信度如何，讲述就是从轶事遗闻上体味意涵。他让我试着敲击管身，模仿他的节奏，而我在敲击中，思索着他所说的森林的意义。

指尖划过手工制作的管体，感受着制作者一生执此一器以作心灵之托的分量以及与成批生产乐器的差异。唐代斫琴家雷氏一辈子只做十几把古琴；意大利琴匠斯特迪瓦利一生只做

林立的迪吉里杜管 Didjeridu（澳大利亚悉尼博物馆）

墨尔本玫瑰庄园

几百把小提琴。批量和标准化制造让本该贮藏心灵重托的制作变得平庸，乐器凝结的体温就稀薄到了如同喜马拉雅高原的空气。手工的不可重复性以及所体现的传统，从未曾随时间的打磨而缩水，因为"他们的技艺就是他们的存在方式，他们的存在方式就是他们的技艺"。

【三】多元文化与尊重目光

"文化触变"或"文化适应"（Acculturation）理论出现于20世纪30年代，美国人类学家雷德菲尔德（Robert Redfield）、赫斯科维茨（Melville J.Herskovits）、林顿（Ralph Linton）都曾对之加以定义："由个体所组成且具有不同文化的两个群体之间发生持续的、直接的文化接触，从而导致一方或双方原有文化模式发生变化的现象。"本土文化解体又恰好遇到外来文化传播，面临的结果就是通过再解释以形成新的平衡。"文化适应"理论适用于西方与原住民社会的接触——本土文化既保持自身又与他文化交流，从而由边缘再进入主流的过程。

澳大利亚不是严格意义上的西方，各社区原则上不能由哪个族群的标志性建筑作为主导地标，但中心城市依然可见西方文化的强大地标——教堂。虽然如此，多元文化还是渗透到生活细节之中。在小镇上的越南餐厅吃午餐，听着身边含混不清、喋喋不休的印度英语（隔壁邻居的印度音乐时时飘入耳鼓），街心花园

悉尼"殖民博物馆"收藏地图

墨尔本玫瑰庄园主宅邸客厅中的小提琴

说俄语的大妈努力躲避一群操西班牙语的舞蹈队伍，阿拉伯人的伊斯兰音乐则成为许多街区家庭聚会常听到的声音。墨尔本中心圣保罗大教堂由亚裔牧师主持的专门为亚裔举办的祈祷仪式；悉尼中心码头原住民演奏着迪吉里杜管，他们背后则停靠着来自美国和意大利的七层楼高的游轮。世界文化不断发挥着搅动与融合的作用，不同的人类经验在这里碰撞，逐渐形成新的平衡。

南半球的太阳和月亮时常"日月同辉"，从冬季到夏季，太阳和月亮一同高高悬挂中天。如果把中国人认为的"大逆不道"的天象解读为文化平等与相互"搅合"，倒也有点意味。"所有新出现的陌生的、刺耳的、不和谐的声音，却可能是新的和谐秩序的序曲。"5

所谓文明者,不外器物与制度两端。而其背后的思想与观念,则应被视为活的要素,使之保持了新鲜的骨血,不致僵化为历史的木乃伊,残存于博物会所或青灯黄卷之中供人凭吊。倾听历史,不单是观看碎陶破瓦,而是触摸纹络中的密语,因为那中间往往不但包含着一个文明最为惊心动魄的危机,也隐藏着决定这个文明能否回应挑战、继续前行的潜力。[6]

悉尼的"殖民文化博物馆"展示了欧洲人到澳洲的历史。繁忙的码头、城市建筑、新式地图、清单列表、压缩统计,无所不有。墨尔本早期殖民者的"玫瑰庄园",可见开垦者的心迹。澳

玫瑰庄园主宅邸客厅的钢琴

玫瑰庄园楼内的装饰风格

洲有很多这类农场。木制围栏的大院子，草坪、果树、花房、大轮车、牛羊牲畜圈舍，和四壁货架上堆着常见农具、铁器、马具的工具间和仓库，老式生活用品：油灯、熨斗、箱柜等。千里迢迢带来的不但有工具，还有钢琴、小提琴以及一叠乐谱。英国历史学家阿克顿勋爵说："民族主义产生于流亡。"如同在北京看到国人"无感"而在澳洲感到亲切一样，当移居"别处"，民族主义往往更加强烈。

【结语】遥望

梦幻般的悉尼歌剧院与 1935 年建成的世界最早的巨型钢铁大桥"海湾大桥"(Sydney Harbour Bridge) 遥遥相对。悉尼人把两座地标浓缩一景，让人看到最靓丽的一面。站在桥面上俯视歌剧院与站在歌剧院仰视大桥，或者站到皇家植物园遥望叠于一景的两者，以及乘船穿越于两者之间，都在"远近高低"中形成对景。

　　再偏僻的地方都有中国人，无论走到哪里都可以在中国超市购买中国市场能看到的任何商品。走进琳琅满目的超市，不能不为凭着开拓精神满世界跑的商人的胆量和精明而惊叹。华裔族群在西方的刻板印象通过几代人的努力已被彻底改写，相比之下，学术界的脚步却远远没有跟上。叙述异文化的人类学家开始多了起来，什么时候才能看到中国音乐家笔下的全球音乐史？音乐学家何时才能以自己的视角描述发出不同声音的世界？哀叹自己没有精力写那样的著作了，只能把思绪写进短小的游记。

　　悉尼黄昏，华灯尽放，海湾遛弯，可以从微风中闻辨到"中心码头"的街头艺术家暗香浮动般的隐隐琴声。一首形容博物馆

悉尼爱达利亚教堂宣道坛管风琴下的架子鼓

悉尼歌剧院与跨海大桥

与短暂人生的诗歌涌上心头：

  金属、陶器、鸟的羽毛

  无声地庆祝自己战胜了时间。

  只有古埃及黄毛丫头的发夹嗤嗤傻笑。

  皇冠的寿命比头长。

  手输给了手套，

  右脚的鞋打败了右脚。

注释：

1. ［美］戴维·乔治·哈斯凯尔：《树木之歌》，朱诗逸译，林强、孙才真审校，北京：商务印书馆，2020年，第9—10页。
2. ［美］戴维·乔治·哈斯凯尔：《树木之歌》，第21页。
3. 〔清〕纪昀：《阅微草堂笔记》，昆明：云南出版集团、云南人民出版社，2011年，第82页。
4. 梁治平：《我于你：一种法哲学视野中的人地关系》，《读书》2020年第12期。
5. ［美］戴维·乔治·哈斯凯尔：《树木之歌》，第61页。
6. 李诚予：《后十六世纪的一场思想相遇》，《读书》2017年第1期，第54页。

走近博物馆乐器

比利时布鲁塞尔乐器博物馆钢琴作坊模拟空间

钢琴与铁律

——一件乐器的人类学镜像

布鲁塞尔乐器博物馆有一间"钢琴作坊",迎面挂着一幅设计图纸,工艺流程一览无余。图纸上蹦出来一串密密麻麻的数据,让音乐家意识到从手工走向机械的最后一跳是多么冷静和理性。农业时代的乐器结构简单,未超出动手范围,用不着图纸数据。钢琴不同,若无图稿模具,断然造不出来。"钢的琴"来了!体格健硕的"大机器"已非竹竿上钻几个眼儿那么简单,通体坚硬

钢琴作坊模拟空间侧面

的"巨无霸"也非木杆上扯几根弦那么轻松。与科学捆绑一起的"现代",极力将"作坊"塑造成与"工厂"对立的"原始物种",钢琴成为挡在农业文明之后令其就此打住、不能再跨一步的"铜墙铁壁"。

【一】冷规格

自从工业时代降临,整个世界的乐器"进化"便戛然而止。除了电子乐器意味着另一时代的到来之外,自打有了钢琴,就基本不会再产生"新物种"了。它气势赳赳、神气百倍,高牙大纛、桓圭衮裳,冲进大园囿,让所有的伙伴沉默。它同时宣示,别再发明创造了,毫无意义了,之前的设计都过于"简单",微不足道,"朕"就是终结者!工业时代"乐器之王"的幸运,建立在手工时代"千万臣民"的不幸之上。工业时代的乐器被世界接纳的历

俄罗斯莫斯科国家音乐博物馆钢琴展区

钢琴展区的巨大空间（法国巴黎音乐城）

响堂

钢琴的古老样式之一（法国巴黎音乐城）

古钢琴之二（法国巴黎音乐城）

史与农业时代的乐器被世界排斥的历史紧密相连。

"多样性"等于"民间性"，"民间性"等于"手工性"，"手工性"等于"工艺性"，"工艺性"等于"个性"。各式乐器以自己的容颜品貌，展示出小作坊的生动表情。能工巧匠以自己的身材、自己的臂长、自己的手掌、自己的嘴巴量身定做，"私人订制"。天下无双的绝活，把一个人嘴上的"短歌行""水磨腔"活灵活现地搬到竹子上。只需一炷香功夫，就能让"短笛无腔信口吹"，就能让"万里归船弄长笛"。手边材料长短不一，粗细不一，型号不一，轻重不一，没有尺码，没有量具。所有者的身躯就是标准，所有者的臂长就是量尺。遵循的规格就是主人自己，依度的尺码就是主人自己。没有人指手画脚，说三道四，拿"国家标准""国际标准""工业标准"说事，要求整齐划一。那种规格，温暖人心！

然而"规格"来了。横平竖直，方圆有度，一刀切下来，个性顿失。在"乐器创新""乐器改革"的狂飙中，强大的"国家"身影，笼罩了"民间"。举规范于操作之上，加观念于个性之上。国家在哪里，规格就在哪里；工厂在哪里，规格就在哪里。乐器削足适履，钻进尺码。统一尺度，就是统一话语。国家在场，标准在场，工业化、企业化、行政化、国家化，"四个现代化"，结局一个样。

规格强大无比，让单体失去家园。手艺精良的工匠很快就无所事事了。规则高速运转，直抵批量目的。木质竹制的柔软身段，被生硬的钢铁替代。

如此说来，"钢琴"这个词的中文译法，的确是个"隐喻"——与农耕文明相对立并无情吞噬农耕文明的冷冰冰的"琴"。

【二】机械臂

钢琴不同于传统乐器的最大之处就在于其运作方式上动用了机械臂。指头不再直触琴弦，绕了个弯子。琴键撬动机械臂，机械臂推动小榔头，小榔头敲击琴弦。手指延长了，够不着的地方，"长臂"唾手可得；达不到的地方，"长臂"尽入囊中。小榔头敲击琴弦的频率可以无限加快，依靠千百次的"点击量"，显示出机械装置无与伦比的灵巧。

羽管钢琴,制作于 1763 年(美国大都会博物馆)

钢琴上的遨游(法国巴黎音乐城)

只有在特殊领域，人类才能感受到智慧之光和奇妙创新的力量，尽管人类抵制将人类视为机械并执意将乐器作为机器来操纵的倾向，但肢体不及，不得不求助机械。于是，所有乐器纷纷装上了"长胳膊""短胳膊"，长笛、单簧管、双簧管、小号、圆号、萨克斯。演奏不再是手与弦、唇与哨的直触，而要通过一个媒介。媒介延长了距离，也缩短了距离。温情离身而去，只剩下了助推。助推变推理，让理智妙悟变为肢体飞升。孔雀开屏是为了显示雄性气概，机械长臂是为了显示推理智商。

人类渴望加宽音域，先秦编钟音域可达六个八度。但钢琴拓宽的方式不同。编钟以并列累加，提高效率，耗费资源，超出控制，不得不由数人敲击。数百根琴弦斜拉竖扯的钢琴只需一人，够不着的地方机械臂上阵。不但有效拓宽，而且节约资源。所有音级轻而易举地操控于两手。编钟和钢琴，亮点不在一个触面上。机械臂促使作曲家完成了作曲技术的更新，没有机械臂就不会有李斯特那些谁也够不着的"交越"，原本在一件乐器上永远碰不到一起的音，在钢琴上会像集束炸弹一样一起砸下来。长臂猿借力，玑珠并发，甚至比人类的手指头做得更好。

机械臂确实是个全然不同的萌生出新气象的杠杆。肢体获得了延伸，思维获得了延伸，快乐也获得了延伸。这一小步跨越很大。人手离弦而去，随键纽而被悬空，漫无边际地延伸。

机械臂在乐器史中出现最晚，但越是晚出，力量越强，人类的迷恋程度也越大。如果真的存在一个突发奇想却改变一切的事件，那么它很可能就是乐器史上的这一刻。它引发了一系列人类不能掌控的跃进。机械臂真的如科幻电影设想的那样对人类的音

双键盘钢琴(Double Virginal)

一面图画

乐感造成了威胁，它完成的壮举同样令人感到恐惧，因为在它身上作曲家不但把制作乐器的基本原理淘汰了，而且把创造器乐的音乐思维淘汰了。关键就在这里——乐器被人类发明之后反过来对发明者自己进行了一番改造，如同人类发明的计算机在围棋上战胜了人类自己一样。这件乐器展示的集合方式，有效地改造了作曲家的思维，迫使作曲家创造出按

异形钢琴（布鲁塞尔乐器博物馆）

照它的方式形成的规则，一大批顺从钢琴规律的作曲家制造出一浪高过一浪的音流，淹没了旧时技法。巴赫之所以成为巴赫，就是因为十二平均律的实践，而十二平均律的第一个实践载体就是钢琴。把作曲家想到的技术全部呈现出来的乐器改善了音响的纵向结合品质，乃至西方世界作曲领域的半壁江山都有它的身影。"大机器"性能齐全，包办一切，让手工时代终止于它轰然作响的那一刻。"大家伙"带着诸多强势，与多声思维结盟，包揽天下，无所不能，让别人没饭吃。如果能够举出一件影响了整个世界的乐器的话，那么钢琴排在头位当不为过。

　　人们不得不顺应这不可逆转的潮流，尊重文明发展的必然进程。这是钢琴的第二个黑色"隐喻"——铜墙铁壁一样坚硬无比，

排他拒他。

【三】音律与铁律

更为重要的是钢琴"肚子"里贯彻的十二平均律。作为一种"话语","十二个格子"方方整整,覆盖世界。这意味着地球上不同历史、不同文化、不同音乐、不同耳朵,都被强制性地塞进了一个齐齐整整十二等分的"耳道",于是乎钢琴就成了标准"音体系"的代言者,理所当然成为"话语权威"的象征。各个民族间不能交通的音高,一律被"大家具"硬性纳入一个模式。黑白分明,排列有序,计算精密,俨然天条。"等距"的文化意义可比机械的技术意义大多了。各民族乐器上那些宽窄不一、参

一排钢琴的力量(比利时布鲁塞尔乐器博物馆)

美术与音乐（比利时布鲁塞尔乐器博物馆）

差不齐的"品"以及体现的忽高忽低、游离游移、韵味无穷的音，都一变而成键盘上宽窄相同、宽幅相同的"等分格子"。不但等量等距，而且等高等低。微小差异，忽略不计。因此，钢琴上的音律就等于铁律！

行文至此，我们倒是对乐律学家孜孜以求了两千年至朱载堉终于计算出来的十二平均律没有在中国实现而心怀感激！多亏没有实现，如果实现了，就等于把无限丰富的秦腔、南音、粤曲、湘韵的音高整齐划一了，我们将因之而失去"文化多样性"的底色。这里真用得上黄翔鹏与冯文慈的"经典对话"。对于没有实现十二平均律，冯文慈不无遗憾地说："真是天公不作美。"黄翔鹏却道："美就美在天公不作美！"对话如同禅偈，令人回味无穷。对同一景色作出不同判断的两位乐律学家,其实都希望看到一个丰富多彩的世界。然而,冷酷无情的"标准"来了。不可思议的是,包括中国在内的所有地方的乐器,竟然在20世纪一律心甘情愿、心悦诚服地俯首称臣,接受"铁律"!主动请缨,削棱去角,变宽为窄或变窄为宽,不可胜计。古琴的绰注,古筝的按揉,二胡的压弦,琵琶的扯弦,一律规范为十二等分。国乐在十二个格子旁受伤,音乐感被硬邦邦的"铁律"严重惊扰。一断以律,世风立变。"世界大同"的口号好像是钢琴的领航令,让不同的"乐器家族"纷纷把自己的"定弦"并轨于"十二个格子"。

建立在争相趋附的持续需求上,一批批"钢的琴"被制造出来。作为主产地的欧洲,由一两位领航者和一大群技工开始以家族战方式、继而以雇佣制方式、最后以跨国制方式,获得了整个世界

彩色钢琴(俄罗斯圣彼得堡国家音乐博物馆)

华丽大钢琴（1840 年，美国大都会博物馆）

的销售空间。成批的钢琴销往中国，让那里的孩子不再操持二胡、椰胡、板胡、高胡，更让那里的孩子不再相信秦腔、南音、粤曲、湘韵的"音准"。

> 法国学者柯睿格（Edward.A. Kracke）的术语，近代法国的改变虽大，基本仍是"在传统中变"（change within tradition）；而中国的巨变，却是名副其实的"在传统之外变"（change beyond tradition）。其中一个根本性的转变，就是"天下"变成了带异域风情的"公共"。[1]

想一下今日之中国乐器自然可以找到与上面的话对景的"天下"。唐代中国，乐器换了一茬，20世纪的中国，又换了一茬。整个天下"变成了带异域风情的'公共'"。

这就是钢琴上的第三个黑白相间的双色"隐喻"——柔软的音律等于刚性的铁律——钢琴等于铁律！

【四】占了这么大空间

无论是巴黎乐器博物馆还是布鲁塞尔乐器博物馆以及世界上所有的音乐博物馆，都有一个专辟的空间——最大空间——放置"乐器之王"。比起组合在一起也占据不了多大地方的弱小家族，钢琴所占"公堂"着实宽敞明亮。一列列、一排排、一台台"大三角"盘龙卧虎，雄踞一方。掀开的琴盖像黄山的"迎客松"，邀你入乐，邀你跌入"西方"丛林。豪宅里象征奢侈身份甚至仅仅为了充门面的"大三角"，因体积庞大而占据着一域的最大空间，这个"空间"的概念又岂是一个具体的空间？"公堂"不能不让人想到"空间隐喻"的理论表述，也不能不令人探访时为挤压于"狭小"空间的各民族乐器而深感不安。无畏前行的"进化"让人感喟一个音乐家愿意追问的命题：钢琴给音乐带来的"同质化"到底意味着什么？在印度被视为神圣的西塔尔、在印尼被视为神圣的甘美兰、在中国被视为神圣的"钟磬乐悬"，以及被各个族群视为"神圣"的乐器种群，将有何种去路？

我宁愿闭上眼睛不去凝视占据大片"公堂"的展区，而躲进其中的一小块浪漫地角。好歹，展区留下了这样的一角——台式钢琴的琴盖。究竟是谁发明了琴盖？可能没有答案，但起初它可

下面是协和上面是战争（法国巴黎音乐城）

能只是仅仅为了释放音量，到了后来却延伸出另一功能。有了一块"空地"，喜欢涂鸦的画家趁虚而入，把涌出浪漫的地方填满另一种浪漫，让冰冷的机械"上空"覆盖了一方中古的浓荫。琴盖上的油画，山水宫殿，丹桂溪流，佳丽命妇，天使萌童……几无隙处，挤满时尚。看到这些，心中仿佛才荡漾出一丝温暖。如果没有绘画，隔着一个世纪，后人再也想象不出穿着华贵的夫人怎样侧身琴前附耳倾听，其高贵又谦卑的姿态何止让演奏家满足！琴盖掀开，蜡烛点燃，穿着黑色燕尾服的钢琴家坐到了穿着白色长裙的贵妇前面，于是，集中了人类智慧的"大机器"响了起来，把"现代"拖回"中古"。全身涂满绘画的钢琴更令人瞩目，音乐家比之一般人更喜欢覆盖在"冷酷心肠"外表下的温情脉脉的"纱衣"。台式钢琴的精致绘画让人多多少少对"现代"保留了一点认同，自然也对批量的"后现代"——大平板台式琴盖——感到失望。

我们不知道是该感谢钢琴还是该抱怨钢琴，它让世界文化受惠，也让民族文化失落；它让城市音乐家获得了空间，又让乡村音乐家失去了领地；它让人类延长了手臂，又让人类缩短了触角；它让人捕捉到音高，又让人失去了微分。让人欣喜让人忧，"几家欢乐几家愁"。这或许用得上萨林斯《甜蜜的悲哀》中的比喻，一块"方糖"加入了"苦难"，既让尝到的人口舌"甜蜜"，又让品尝的人失落了素淡。"考兹胜负，互有得失"。钢琴不再是附庸，它独领风骚，独占鳌头。被它驱逐出"现代"的古老族属，站在从身段到体格都不成比例的洼地中仰视它。

一个锐利的命题——从机械臂折损的天使之翼到十二平均律封堵的天籁之声——如同一支利箭击中了"民族主义"。这个命题中的弱者，已由钢琴制作师和千千万万才华横溢的作曲家、钢琴家完成了最后合围。这或许就是工业文明扼死农业文明的最后那截钢铁绳套！

原载《读书》2016年第12期

注释：
1. 罗志田：《且惭且下笔：从史学想象世界》，《读书》2016年第1期，第82页。

建鼓

一鼓立中国

　　汉代画像石上最多的"建鼓",形状独树一帜。上覆羽葆垂苏,下置龙虎底座,立柱贯通上下,柱顶栖立翔鹭,鼓面悬置中间,鼓腔饰以华图。"建鼓"为什么会是这个样子?为什么鼓腔正中穿堂而过一根颇有高度的柱子?何以在离身体不算近、伸着胳膊才能够得着的地方安置一个体积不算小的鼓腔?下置底座与上覆羽葆象征了什么?它又何以在形形色色的"千面鼓"中鹤立鼓群、独领风骚?

【一】一根柱子撑起信仰

世界各地的大型民俗场地，中间多有树立一根木桩的习俗，中国民间称为"鬼桩""傩柱"，典籍称为"社树"，[1] 藏族称"玛尼堆"，蒙古族称"敖包"。古代，巨树是崇拜对象和通神媒介，是一个族群与另一个族群的划界标志。电影《阿凡达》中那棵插入云端、树冠如云、整个族群围绕一圈手拉手传递生命能量的巨树，既是仪式中心，也是族群标志。

既然巨树是为聚族而居而存在，那么这个"理念"如何传达？要回答这个问题就得先回答另一个问题：那根穿堂而过的柱子象征了什么？这个与音乐无关似乎超出乐器学范围的问题，必须从信仰谈起。

涂尔干说："事实上，如果仪式不具有一定程度的神圣性，它就不可能存在。某些语词、表达和惯用语只能出自圣人之口；

难得一见的民俗中保持古老建鼓式样的社柱

汉代画像石，建鼓统领乐队

某些姿势和动作是任何人都不可做的。"[2] 现今中国西南少数民族聚居区的民俗仪式中，依然保存着围绕"鬼桩""傩柱""建鼓"跳芦笙舞的习惯。"社树"四周堆积石头，"社树"上面缀满经幡。见此景观，简直会以为围舞者把舞步踏进了汉画像石。"芦笙舞"场地还存在另一个"柱体"与"响器"结合的"构图"：场地中心，数支五六米高的低音芦笙围成圆圈，每根笙苗上都捆绑着扩大音量的粗竹竿，构成一簇高高的"柱体"；几名吹奏者迎面相向，背面朝外，外圈是手持短小高音芦笙旋转的吹奏者，再外圈是人群围舞。低音芦笙扎堆中心，从外看就是"一束"高竿。这个集"声音"与"柱体"于一体的"构图"，不但令人"耳聪"，而且令人"目明"。那当然是一种无需解释的象征。

　　族群需要仪式，仪式需要标志，标志需要宣召，宣召需要响器。"话不说人不知，鼓不敲神不知。"建鼓已非"鼓砰砰以轻投"（陆机《鼓吹赋》）的敲打响器了，社区祭礼，率皆专断。

曾侯乙墓出土建鼓复制品

当然,"社树"在原始意义上还有一层实用功能。近亲结婚,子嗣不健,需要异族通婚。然而,哪里可以成为一眼便知、足以辨认族群、不会混淆血缘的交往地点?当然是各族群都能看得到的界标——高大的社树和堆砌石头的玛尼堆、敖包。所以后世便有了《敖包相会》的歌声。

学术界强调艺术由巫术制约,并认同巫术与艺术浑然不分的说法,坚信史前艺术"无疑具有审美的价值,但这种艺术很少是自由的和无利害关系的;它们一般说来总是具有实用意义的——真正具有实用意义或被设想为具有实用意义——并且常常是一种生活的必需"。[3]

问题可以回来了。怎样把视觉标志与听觉标志合二为一,拼为一物?高高挺立的"桩"与声闻十里的"鼓",怎样合成至高无上的"社"?插入云端的"桩"与响彻云霄的"鼓",怎样合为祭祀主体?鼓之于柱,于何施措?于是,作为聚集中心的"社树",渐与传达信息的响器"社鼓"[4]合二为一了。一面式样独特的鼓被郑重其事设计出来了,悬于中梁,挂于半举;只手擎天,一声震地。至高无上的象征标志,呱呱坠地。这就是"建鼓"!

【二】一根柱子托出中国

音乐的"樂"字，按照音乐学家的解释，就是"社树"类器物的象征。下面的"木"字是树干象征，上面两边的"丝"字是经幡的抽象，即后来演化为羽葆，也即民间至今保持在大树上系红布条祈祥的飘状物。甲骨文的"鼓"字右边描摹的是一人敲击姿态，左边中间的"口"字是鼓腔，下面是鼓座，上面是羽葆状的盖。重要的是学术界对这个飘状物的解读。

1963年在陕西宝鸡发现的"何尊"底部铸有122个字的铭文，其中第一次出现了"中国"一词。新出版的《昙曜五窟——文明的造型探源》一书，阿城先生在《宅兹中国》一文中解释道，"中"字是建鼓象形，中间"口"字就是鼓腔，上下一竖就是立柱。铭文"中"字上面有两条飘扬的羽带，与建鼓所系羽葆形状一致。"中"字下面也有底座。可见现在的"中"字是经过简化的。现代"中国"一词也并非原始意义上的概念，而是古代人的祭祀中心。祭祀中心在哪儿，哪儿就是方国中心。换句话说，"中国"是个在发展过程中逐渐演变为现代国家地域的概念，最早指的就是一个社区、一个方国的祭坛中心。

何尊铭文中的"中"字

古文字"鼓"字

后来渐至转化为朝廷、国家乃至现代"民族国家"的概念。按照这个顺序向前推，祭坛在哪里，社树在哪里，建鼓在哪里，哪里就是中国。中擎一柱，兴于社仪，达于方国，著于朝廷，彰于国家。逐层递进，势不可挡。

这种解读与音乐学家对甲骨文的"鼓"字和"樂"字的解读逻辑一致。无论音乐学家对"樂"字的解释还是文化学家对"中"字的解释，都可以看到建鼓的中心作用。音乐学、文字学、民俗学连接，使"中""鼓""樂"概念有了非同一般的意义。

羽葆源自"社树"飘扬的经幡。张衡《东京赋》谓之"树羽幢幢"。建鼓羽葆之"葆"，执掌仪式的太保之"保"，均附"衣"字边。甲骨文的"丧""哀"，均藏"衣"，寓意移"灵"入"衣"，

湖南湘西民间保留的多面鼓式样

天坛神乐署仿制建鼓

从"衣"显"灵"。目前所见最早的汉代"御龙帛画",绘的也是丧葬"引魂幡"。所以,建鼓上的头盖当是故俗。问题的关键点在于,"社树"上飘扬的经幡,随着"社树"演变为"社稷",而逐渐演变成迎风飘扬的旗帜了。飘状物的意义陡然转高。"社树"演绎为"华表",布条演变为"国旗"。中心广场上树立的旗杆与高高飘扬的旗帜,最终演变为国家象征。

有了夺目的"头盖","根底"也不能寒碜。曾侯乙墓"建鼓底座"青铜盘龙的"大制作",后代宫廷木质高脚的虎座,是

苗族每年农历正月初四至十四举行"跳花坡"仪式，依然保持中立"社柱"习俗

势所必然。从冠到靴，梳妆完毕，中心一立，俨然权威。羽葆和底座双双达到繁华靡丽的程度。上下两端的"观赏价值"甚至超过中间的实用价值。不难看出，乐器一旦进入与祭祀相关的礼乐话语系统，势必一身雍容。

于是乎，祭祀娱乐，合二为一；神圣凡俗，合二为一；礼器乐器，合二为一；视觉听觉，合二为一；"冬冬鼓敲，忽忽旗摇"，合二为一。鼓纛凝体，旗鼓相当。真是超级创意！

想不到吧，建鼓竟然引出了这等大事。事有奇变，承托国名。

【三】一根柱子擎起王国

建鼓的创造，大概结合了许多族群的智慧。《隋书·音乐志》载："建鼓，夏后氏加四足，谓之足鼓。殷人柱贯之，谓之楹鼓。周人悬之，谓之悬鼓。近代相承，植而贯之，谓之建鼓……又栖翔鹭于其上，不知何代所加。"[5]宫廷对建鼓的改造日渐玄远，甚至完全抽离了其作为响器的属性，变为社稷象征。鼓之初心，渐被拓展意义遮蔽。古书中叽里咕噜蹦出来一大堆奇形怪状、花里胡哨的鼓。《周礼·鼓人》："以雷鼓鼓神祀，以灵鼓鼓社稷，以路鼓鼓鬼享。"[6]八面的、六面的、四面的、两面的、上下、高低、大小不等。祭祀不同方位的各路神仙，名称千奇百怪，一般人听来都有点晕。其实，说到底就是简单式样面向不同方位而已。另一方面，这也透露了乐官的心思。单面鼓转为不同方向，用到底，用到死，创造出一系列鼓型，就是宫廷乐官花费心思将祭器神秘化的一套说辞。不过，这还真让老百姓愿意亲近。西南和西北的

山东济宁民间"串鼓"保留的建鼓式样

少数民族聚居区至今保留着许多"面相不同"的鼓式。

战场上能够传达强大信息的只有鼓。建鼓是调兵遣将、发号施令的指挥棒。"闻鼓声而进,闻金声而退。"[7]鼓为敲击者派生出一套身份附加值。杀声一片,呼声震天,谁能听见其他动静?嗓音早被湮没于鬼哭狼嚎中了。唯有响器,可以让冲锋陷阵、置嗓门于罔闻的战士听到。"一鼓作气"不是随便敲着玩的,是决定方国命运的"集结号"。命悬一刻,命悬一鼓!"四面疾攻,一鼓拔之。"[8]所以,建鼓拥有专车,专设"司机",掌鼓的就是掌军的。"吴起将战,左右进剑,起曰:'将者提鼓挥桴,临敌决疑,一剑之任,非将军事'。"[9]军中

韩国国家博物馆展品建鼓

万事皆决于鼓。恰如《定军山》老黄忠所唱:"头通鼓,战饭造;二通鼓,紧战袍;三通鼓,刀出鞘;四通鼓,把兵交。"

决定身份的不是乐器,也不是制梆撑皮的工匠,更不是鼓点飞扬的乐工,而是令其发挥功能的场合!执仪人一锤定音。他们是什么人?巫师、萨满、释比、和尚、道士、乐师、族长、将军、

湖南湘西依然活态保存的建鼓敲击式样

元帅、诸侯、国王,一级级往上涨。一旦跃升礼法层面,鼓槌的分量就不可同日而语了。

日本"太鼓",韩国"建鼓",图漆满体,通身华丽,底座繁复,羽葆庄严,不禁让享有原创权的中国人生出"且宜如此之丽"[10]的感叹。中国业已失去的"华服","邦亲"依然壮丽!敲来敲去、槌来槌去的蓬蓬鼓膛,在异邦大礼上依然承载皇室重托。古人把鼓称为"金鼓""画鼓""警鼓""社鼓",寄予重托,"喧天画鼓要他听!"(辛弃疾《西江月·人道偏宜歌舞》)故容不得素颜,容不得俯视,容不得委屈!

韩国建鼓与宋代陈旸《乐书》图录一模一样,说明宋代送给朝鲜宫廷的一套乐器,一仍其旧。天坛"神乐署"与故宫复制的建鼓均以清代《皇朝礼器图式》《律吕正义续编》为底本。而日

土耳其伊斯坦布尔大清真寺的高大柱体

法国巴黎旺多姆广场凯旋柱

法国巴黎协和广场古埃及方尖碑

本和韩国用的是中国老式样,让人曾经怀疑是否仍健在的建鼓——一眼望去没有被缺失透视感的古代绘画碾压变形的式样——在异国他乡,依然腰杆挺壮。

【结语】敲击心灵的点与面

如果把法国巴黎协和广场中心屹立的古埃及方尖碑,旺多姆广场由一千两百门青铜大炮铸成四十四米高的凯旋柱,日本京都"六月祭祀"五十米高的中心柱,印第安人通体雕刻图案、三十多米高的"傩柱",基督教教堂的高大十字架,伊斯兰清真寺周边的尖顶塔楼,与秦始皇融六国青铜铸成的铜柱,唐武则天倾天下之财铸造的"通天柱"连接起来,就会意识到一根高大柱体的非凡意义。然而,只有中国人把这根柱子与另一个象征权威的响器,连接起来,构成一件视觉信息与听觉信息合二为一的乐器。

作为乐器的"鼓"（艺术）、作为礼器的"鼓"（制度）、作为法器的"鼓"（宗教）、作为兵器的"鼓"（军事），作为报时的"鼓"（工具）[11]，都有不同面向和不同维度的解读。用之于国，则社稷昭然；用之于军，则整齐划一；用之于礼，则纲纪辨明；用之于仪，则信仰皈依；用之于艺，则锣鼓喧天。各取所需，兴会淋漓。器物在不同场合转换功能，是礼仪大于娱乐，还是信息大于功能，抑或快乐高于一切，全看语境。

乐器上的每个部件都有象征意义，共同构成一个权力构图，这样的响器不多！汉族有三件每个部件都有深刻寓意的乐器：编钟、古琴、建鼓。三件乐器的每个部件都有专有名词，都有文献注疏，都有历史内涵，都有特殊寓意，成为超越音乐、独享尊宠的器物。这些解读点就是古代知识系统与现代乐器学的最大不同。

动静差不多的鼓，千姿百态，值得一说再说，盖因背景不同。汉代之后退出历史舞台的建鼓，于21世纪再次敲响了警鸣。[12] 2001年和2003年，联合国教科文组织批准的"人类非物质文化遗产代表作名录"项目中，"雅乐"由韩国和越南申报，而雅乐的指挥就是建鼓。孔子以及祭孔仪式毫无疑问属于中国。这让中国文化部门意识到了"文化安全"问题。是时候该结束从"五四"延至"文革"对儒家文化的批判态度，并把与之相关的器物一股脑丢进垃圾堆的行为了。核心品种，你不要，人家要！你不抢，人家抢！如同韩国国旗上的太极符号，全世界都知道那是韩国符号而没人知道它源于中国一样，然而我们怎么有可能向全世界的孩子解释先入为主的误读？"天下之人，不可户说！"[13]

捍卫遗产，重整雅乐。建鼓被重新树立起来了。山东曲阜孔庙、

日本鼍太鼓正面

天坛神乐署、中国音乐学院、杭州浙江音乐学院等机构、学府,相继组建"雅乐团",就是这样国际背景下的回应。一个话题,因时而异。建鼓于先秦与汉代高度发达后逐渐退出舞台,说明帝国权力的衰落乃至不得不让位于各式响器的平民化追求,反过来说,它的重新登场也说明了中国人开始重新认识自己的传统符号并将其重置中心的聚力意义。

将单个的鼓置于系统,满足了民族志书写追求的点与面的连接。敲敲打打是件简单的事儿,要把敲敲打打说出个所以然来却非易事!这样的滚动性敲打,抵消了历史叙述中雅乐的沉闷,体现出置响器于历史话语系统的连接思力。人类学在鼓皮上敲打的就是心灵的点与面上的不同凡响。

原载《读书》2019 年第 8 期

注释：

1. 〔宋〕司马光等：《资治通鉴》（九），北京：中华书局，1956年，第4255页："自言旧村社树高至天。"
2. [法]爱弥儿·涂尔干：《宗教生活的基本形式》，渠东、汲喆译，上海：上海人民出版社，2006年，第33页。
3. [芬兰]希尔恩：《艺术的起源》，转引自邓福星：《艺术前的艺术》，济南：山东文艺出版社，1986年，第7页。
4. 〔宋〕辛弃疾：《永遇乐·京口北固亭怀古》，"佛狸祠下，一片神鸦社鼓"。邓广铭：《稼轩词编年笺注》，上海：上海古籍出版社，1993年，第553页。湖南平江民歌《月令歌》至今保留着"社鼓咚咚"的歌词。
5. 〔唐〕魏徵，令狐德芬撰：《隋书·音乐志》，北京：中华书局点校本，1973年，第376页。
6. 先秦文献以《诗经·周颂·有瞽》为典型："应田县鼓，鞉磬柷圉。"句中每个字，都是一件打击乐器。"应"小鼓，"田"大鼓，"县"（悬）建鼓，"鞉"鼗鼓，"磬"乐器，"柷"，状方，木棒内击以节乐。"圉"（敔），状如伏虎，背有锯齿，以木刮之，用以止乐。
7. 〔宋〕司马光等：《资治通鉴》（一），第194页。
8. 〔宋〕司马光等：《资治通鉴》（十二），第5328页。
9. 〔宋〕司马光等：《资治通鉴》（十四），第6481页。
10. 〔宋〕司马光等：《资治通鉴》（十四），第6351页。
11. 〔后晋〕刘昫：《旧唐书·马周传》，北京：中华书局，1975年，第2619页："先是，京城诸街，每至晨暮，遣人传呼以警众。（马）周遂奏诸街置鼓，每击以警众，令罢传呼，时人便之，太宗益加赏劳。"
12. 建鼓自隋唐已被排除在宫廷之外，《唐六典·武库令》说："凡军鼓之制有三，一曰铜鼓，二曰战鼓，三曰铙鼓。"可见唐军战鼓已非建鼓。
13. 〔宋〕司马光等：《资治通鉴》（五），第2130页。

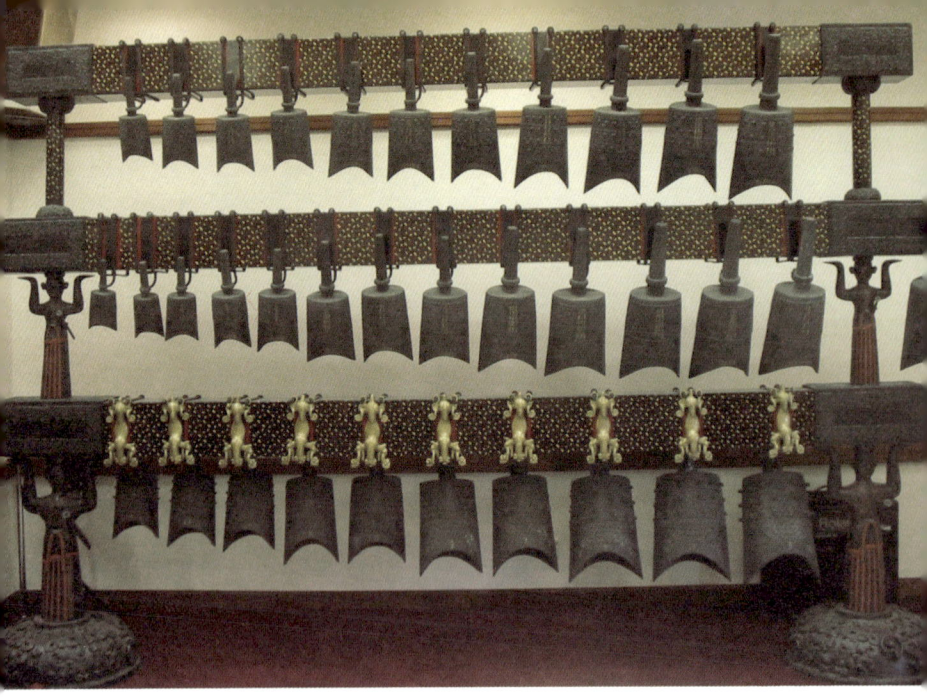

香港中文大学音乐系定制三十六件套编钟

第二个青铜时代

【一】底气来自编钟

1999年，香港中文大学音乐系在湖北订制了曾侯乙式三十六件一套的编钟。运到那天，拆箱卸包，零件摊满一地。余少华教授带着几个学生翻看图纸，正愁着不知如何下手，其时在那里就读的我恰好走进音乐系所在的"许让成楼"，见此场景，便想到编辑《中国音乐文物大系》的经验，于是毛遂自荐，带领大家安装。先把两边佩剑青铜武士的支架撑起来，再架上蟠龙纹铜套加固的彩绘横梁。簨簴固定后，三层编钟按大小顺序连接悬挂。

考古学是 20 世纪下半叶融入音乐学的新知识，中国艺术研究院音乐研究所是这一领域的先行者。自 1962 年河南信阳长台观春秋编钟由王湘、孟宪福、王瑛等人测音考察后，这一领

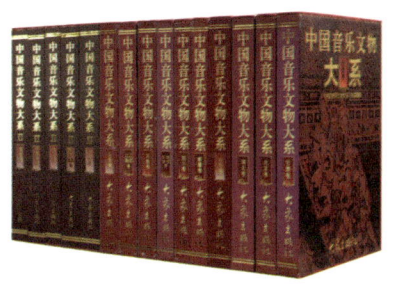

中国艺术研究院
音乐研究所编《中国音乐文物大系》

域的操持者似乎就成了中国音乐研究所的使命。我参与了《中国音乐文物大系》的普查与编辑工作，测量、测音过多套编钟，脑子里自然装着钟簴列堵的步骤。没成想，这份知识到了香港成了超前见识。手不停摆，马不停蹄，连自己都不知道怎么会如此胸有成竹。香港同学个个吃惊，一班人马听我口令，递这递那，唯命是从。他们分享了我的经验。

忙活了一上午，整套编钟毫发未损，安置到演奏厅右壁。组

黄翔鹏（右）、王湘（左）1978 年在湖北省随州对曾侯乙墓编钟进行测音

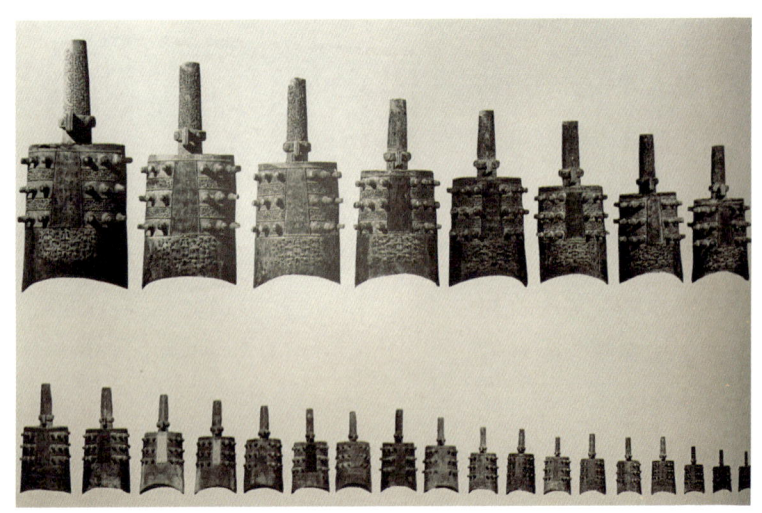

1977年河南淅川出土春秋时期王孙诰编钟二十六件

装完毕,扑打衣裳,执锤敲击,声满堂壁。看着满屋子同学心旌摇荡的样子,我突然冒了一句:"这是第二个青铜时代。"

"安装"引发的后续效应也令我自己吃惊。香港中文大学音乐系与香港大学音乐系一直暗中较劲(如同北大、清华,剑桥、牛津)。两校历年的"研究生交流"简直就是打擂台。师生围坐台下,研究生上台讲演,那场面就是唐代康昆仑与段善本的"对台"或电影《海上钢琴师》的"斗琴"。我也是第一次见识这般阵势。香港大学的一位男生身穿红格子苏格兰短裙,怀抱绛紫竹管的苏格兰风笛,边走边吹,绕场一周。那股必欲夺冠的逼人劲头让人觉得这不是学术讲演而是演艺大比拼。"风前横笛斜吹雨",作秀"亚历山大"。

有了"安装"的信任,意欲充分利用新资源的余少华教授,让我介绍编钟。于是,我与同学苏汉涛提前练了一支曲子。轮到我发言，为了造势，我也不先走上讲台，而是站到了编钟前，敲了一阕国风十足的《孟姜女》。苏汉涛敲下层低音组，击打重音；我敲中层组，演奏旋律。钟声扣响，如鼓风涛，双锤振壁，一举滔天。

接下来我介绍一钟双音，系主任陈永华亲自上台执钟。我秉锤敲击，正鼓部，侧鼓部，两个相距三度的音一一跳出。那时，香港大部分师生从未见过编钟（特别是外籍教师），更甭说现场聆听。只知一钟一音的外籍教师，如同刚刚发现先秦伟大创造的中国音乐家一样，个个被"中国阵势"惊得目瞪口呆。有位老外甚至跑到台上，从里到外翻看编钟，想查个彻底。

"成排的编钟"把"孤独的风笛"压下去了。刚刚还洋洋得意的香港大学研究生瞬间矮了半截，一副"欲斗不得，求走无路"[1]

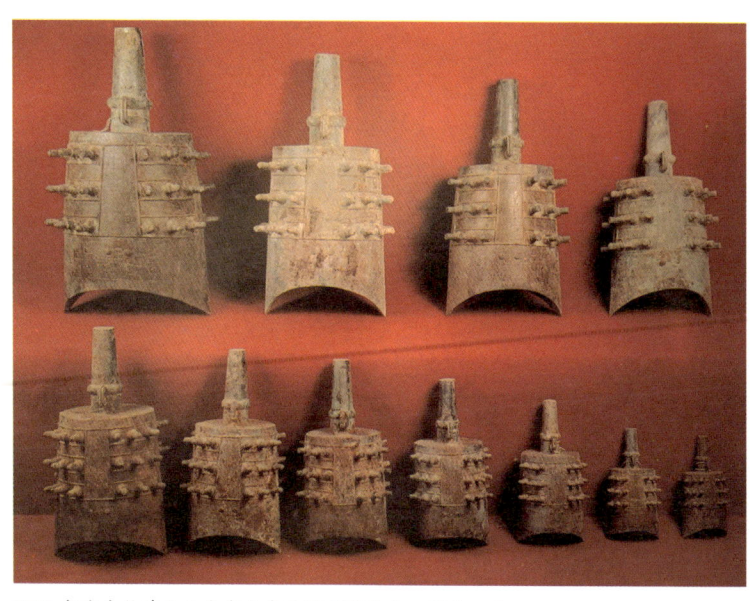

1995年济南长清仙人台出土春秋时期编钟之一套十一件

2000年发掘山东洛庄汉墓十九件编钟

的表情。两校对垒,雌雄已决!编钟给对手——未招收内陆学生的香港大学音乐系——致命一击。开始还对这笔投资持疑虑的教授们忍不住对陈永华说,这钱花得值。教授们兴高采烈,学生们呼声沸地。我禁不住想到了歌剧《洪湖赤卫队》那首合唱的曲名《这一仗打得真漂亮》!

【二】编列"丛林"

21世纪初,在北京"湘鄂情"饭店门口也遇到过一件意料之外的事。饭店入口挂着一套编钟。如果说它出现于湖北省驻京办"湖北大厦"的正堂是理所当然的话,那么在一个最没有"诗和远方"的地方,出现了一个"挂着编钟卖楚菜"的景观,总觉得有点别扭（如同北京东直门外专卖小吃的街区叫"簋街"一样）。面对此景，或许还真应该思忖一下为什么它会出现于市井的原因。作为与市井文化相距最远的钟磬乐悬，好像没有让知识界之外的人加以关注的理由，甚至也没有让音乐圈外的人加以关注的理由。然而，它却出现于京城火爆的饭店正门，成为渴望用"非物质文化遗产"乃至物质文化遗产装点门面的招牌。这无论如何都值得玩味。

一套靠不菲财力支撑的乐器频现市井，意味着主人要用它来证明什么。改革开放以来，中国经济取得了举世瞩目的成就，但人们总觉得与经济的迅猛发展不相匹配的是文化景象的缓慢改观。中国音乐家越来越觉得体小物轻的常规民乐抬不起身价了。让国乐成为看得见宏大、听得到洪亮，从音域宽广到八度分组，从半音化程度到旋宫性能，与世界上任何乐器组合及音乐性能都能媲美的毫不寒碜、经得起重托的编制才够份量。如此，称呼上也有历史积累下来的"金石之声、金声玉振、黄钟大吕、钟磬乐悬"等高亮名号的载体，就这样浩浩荡荡涌进了当代。编钟视觉上具备充足冲击力，听觉上具备充足震撼力，方能把有过一个世纪不自信的中国音乐家带回昔日的辉煌而又不影响继续前行的脚步。编钟体量巨大，音响宏阔，既富有视觉冲击力又富于听觉震撼力，具备文化圣物所需的形式特征。社会对文化景观以及文化自信的要求，使得钟磬乐悬成为"居重驭尊之器，立根固柢之本"，获得了当代关注。

1956年，济南军区"前卫文工团"民乐队第一次把云锣、编钟搬上舞台。据当年大部分都是从农村走出来的乐手讲，从山东

湖北省枣树林曾国墓出土编钟（湖北省博物馆湖北省文物考古研究所供图）

曲阜孔庙借来的几件编钟几乎没人见过。解放军文艺团体敢为天下先，让打入冷宫、退出历史的老乐器起死回生。于是，云锣、编钟就再一次成为明晃晃摆到台面上的响器——虽然此事在民族乐队改革领域被大张旗鼓地宣传，但在学术评价领域则被小心保持着低调。学术界懂得，这不是恢复老乐器的问题，而是与"封建统治阶级"拴在一起的雅乐评价问题。然而，被质疑的乐器与不容置疑的群体连在一起。解放军文艺团体的行动证明，当今劳动人民同样有资格享受昔日统治阶级享受的文化并以主人翁的资格占有这样的遗产，这行为自然是正面的。"金石之声"有了新定义！此举的"破执"意义迅速延伸到音乐学家杨荫浏喜不自胜的文章中《乐器改革中的标兵》[2]和《乐器改革要向解放军学习》。一介书生，岂敢复古？这下好了，全国第一支解放军民乐队敲响了金石，精神上的铜墙铁壁与材料上的铜墙铁壁合二为一！敏感地注意到潜在意义的杨荫浏借势吐出了憋在肚子里的话，为实现多年夙愿而欢欣鼓舞。然而，因财力制衡，"前卫"民乐队仅制作了几件乐钟，奢侈之举难以普及。

改革开放，韬光养晦，国用丰衍，古今罕侔。当代音乐家能够把昂贵器物再置厅堂，一句话，就是腰杆子硬了。如果说湖北省博物馆最早复制曾侯乙编钟是为了避免损坏原件而与综合国力没有太大关联的话，那么到了诸多音乐机构乃至香港中文大学都开始上演"撞巨钟、击鸣球"的大戏，的确让人感到绝非偶然了。音乐家从昂贵的乐器上懂得了GDP，懂得了供给侧。中央民族乐团于1998年把编钟搬到维也纳金色大厅，让第一次观赏中国民乐的维也纳人听到了不一样的动静。舞台后列的编钟成为金色大厅舞台上金光闪烁的亮点。

2018年美国密歇根大学仿制宋代大晟钟

中央民族乐团编钟

青铜乐悬于汉代后逐渐消失，原因当然是王公贵戚再无财力消费奢靡了。随着无偿占有奴隶劳动的制度解体，没有哪个阶层还能支付得起这份开支。而今，支付得起的机构越来越多，武汉音乐学院、中央音乐学院、中国音乐学院、上海音乐学院、浙江音乐学院、郑州大学音乐学院、广西艺术学院，甚至台湾台南大学、台湾孙中山纪念馆、香港中文大学……内自京邑，外至边陲，无不搬演金石乐悬。2017年4月，美国密歇根大学举办音乐会，第一次恢复金色外貌的仿制宋代大晟钟，一壁金色，灿列如锦。2019年9月，芝加哥交响音乐厅举办大晟新钟与交响乐团合奏音乐会，其间还发布了向全球音乐家征集编钟作品的"金编钟作曲比赛"通告。

有人说，音乐界之所以能够重启古老符号，得益于地下文物的大量出土。这话说对了一半。考古界清楚，若无充足财力，谁也挖不起可能潜藏着无数钟磬的大墓。文物不会像庄稼一样自己长出来。更何况，没有科学发掘，学术界不可能了解曾侯家族绵延五百年的爱乐史，而没有曾侯家族一套套编钟以及携带大量信息的错金铭文，学术界对上古音乐史的理解就还处于猜谜阶段。湖北随州枣阳九连墩楚墓、郭家庙、叶家山曾国墓地说明，曾侯子孙都是高级"铜粉"，子孙的子孙更是超级爱乐和积极追随祖先的"铜杆"。疆域面积不大的曾侯们无论如何想不到自己在音乐史上的名声竟然盖过了分封自己的周天子！至于保护文物工作，给老居民安个新窝，更是没银子莫谈的事。

埋藏的编钟像听到了对价值重新评定的呼唤，急不可耐，纷纷跳出。陕西秦公大墓乐府钟、河南王孙诰编钟、新郑郑国祭祀遗址、淅川下寺墓编钟、山西晋侯苏编钟、侯马中义编钟、陕西澄城刘家洼编钟、山东郯城编钟和枣庄编钟，一拨拨，一批批，纷至沓来，响声动天地。这可不是十件八件，也不是十套八套，而是成百上千件套的金石阵营。洛庄汉墓出土了一百多件钟磬，长清仙人台出土了六套钟磬，新郑祭祀遗址出土了十一套编钟，曾侯家族数百件镈钟、钮钟、甬钟，更是金石王冠上的钻石。广州越王墓、章丘洛庄汉墓、盱眙大云山墓、南昌海昏侯墓，彻底改写了汉代"但能记其铿锵鼓舞"的误植。四座汉墓宣四国之荣，救一朝之名，真是世事难测，器欲难量。携带巨大轰鸣的青铜方阵，让人意识到成群结队、耀武扬威的意义——跳过覆盖中国近二百年音乐史的西方阴影，一点没有失魂落魄、隔世陈腐的样子，一副卷土重来、器宇轩昂、必欲压群芳而独秀、盖众声而独震的雄姿。

香港回归仪式上，作曲家谭盾创作的大型乐曲《天地人》的金石之声，无疑是中国音乐重整旗鼓的震耳之鸣。国家领导人带领外国元首参观湖北省博物馆,把编钟作为国之重器隆重推介的新闻报道,与央视《国家宝藏》相互共鸣,使乐悬成为国家形象的代言体之一。面对音乐院校和艺术团体纷纷定制编钟以及频现报道的国家仪式,音乐家确实意识到,青铜乐悬已然在当代文化中占有一席之地了。与其说音乐家从中获得的是天下无双的音响,不如说音乐家获得了一份寻觅百年终于喜从地出的遗产。

当然,音乐家更看重的是把楚、秦、鲁、豫的乐钟连接起来的学术意义。铸于钟壁上的音列有力地证明,中国音乐从来都是十二律齐备。认定中国只有五声音阶并在这个简单的数字中暗含贬义的陈词滥调,已在铜墙铁壁面前撞得粉碎。"一钟双音"是音乐考古学获得的耀眼成果,而以音列多寡作为断代标准、超越考古类型学的支点,充分反映了利用出土文物推进音乐史研究并改写学科面貌的作用。四十年来音乐考古学突飞猛进,一个新的学术群体,撑起了先秦音乐史的大半个江山。编辑《中国音乐文物大系》的学者,黄翔鹏、王子初、冯光生、方建军、王清雷等,其成果当然离不开基本材料——上百套钟磬!

【三】青铜壁立

托尔斯泰说:"伟大的社会有着强大的内部力量。他们拥有足够的生命力,能够从最惨重的失败中站立起来。"中国音乐家绕了个大弯子再次折回,从这套乐器上既看到了自己的过去,也看到了自己的未来。

香港中文大学音乐厅上演的中国编钟与欧洲风笛的"斗乐"一幕(竞相争的绝不是大学面子),自然有点乘乎势运的便利,但也的确体现了黄翔鹏带来的考古学视野，让我们没有成为新兴学科的门外汉。如今大部分中国音乐学府都把编钟作为徽标以代替西方乐徽，这自然是看到了青铜乐钟的醒目作用以及摘掉寄人篱下的依存感的解脱，如同各地博物馆纷纷把鼎、爵、尊、簋、长信宫灯、晋侯鸟尊、铜奔马、铜立人（金沙遗址）等商彝周鼎变为区域标志一样。一系列本土符号的立世，当然是文化观念的反映。

消失与复兴，可证天下兴衰。"乐云乐云，钟鼓云乎哉？"现象是现实需求造成的，这就是乐悬重新风行的背景。渴望把生前享受带进坟墓的主人，或许无意于惠及后人，却无意间留给了遭遇一系列屈辱的后人一份重撑自信的豪迈。想一想，从一拨

香港中文大学一角

香港中文大学校徽

香港中文大学崇基学院院徽

拨源源不断冒出来的钟磬乐悬,到博物馆、音乐厅、影视屏幕一曲曲的金石之响,当年在香港中文大学摆弄编钟时无意间冒出的那句话"这是第二个青铜时代"的比喻,还真不是夸张!

附记:香港中文大学乐器仓库忆旧

【一】邂逅库房

1997年,我离开北京进入香港中文大学攻读博士学位,那里的"奖学金"不是无偿的,要劳动换取。我们每周必须为大学工作十四个小时,具体任务之一就是整理乐器。乐器库属音乐系办公室管理,负责人是韦慈朋(J. Lawrence Witzleben)教授,但他太忙,力不能支,计不百全。乐器叠床架屋,捆束委积,一团乱麻。行政人员不懂专业,既无分类也无头绪,谁进去也找不到东西(甚至出现过一上午没找到乐器的事)。于是,任务落到我们头上。这时候才意识到,在北京"中国乐器陈列室"积累的乐器学知识没白学,换个地方,竟然成了勤工俭学的本钱。如此换酬,驾轻就熟,心里感觉像占了便宜似的。北京中国音乐研究所乐器陈列室和香港中文大学音乐系陈列室毫无关联,却让我找到了连接点。

我开始新一轮摆弄乐器的经历。好在习惯,"事不厌心,行不厌烦"。第一步,分门别类,西方的、中国的、日本的(订购正仓院乐器)、世界的;第二步,对中国乐器按乐种分类,西安鼓乐、潮州锣鼓、江南丝竹,搁置一摊,排练时(音乐系合奏课)到一个架子上取就行。总之,"削繁去蠹,变重为轻者,不可胜计。"[3] 看到我们整理得厅阁清肃,叫嚷着找不到乐器的香港小同学再也不叫唤了。有条不紊,理路明晰,体现于不同格子的"体系",让负面评价及山寨评说瞬时销声匿迹。

最后,为每件乐器拍照,冲洗图片,排入相册,打印标签。翻开图册,即使没有乐器学知识甚至不懂音乐的人,也能按图索骥。分类清晰,题式整饬,获得所有人赞誉。

【二】余音袅袅

编钟音乐会吊起香港学者胃口的事,不一定说明什么,这一页很快翻过去了,但事件却透出了另一丝意义,为我打开了扬己之长的大门。台湾地区学生访问香港中文大学,系里让我做考古讲座,香港大学音乐系主任荣鸿曾教授也邀我去做讲座。编钟音乐会给了我机会,借以把内地学者的特长展示出来,让"喝咖啡"的人领教了"喝茶"人的"功夫"。听众席传来的私语比编钟还扣动心弦。

内地学生在香港,开始时难免遭排挤。香港学者不习惯于内地生的学术水平高于他们,不习惯掌声滑向英语不如他们的内地生。但自此后再见面时,他们的表情不一样了。

比较两家乐器陈列室，各有所长（现实的比较是，北京无空调，香港有空调；北京无人打扫，香港有人清扫）。这项工作使我在接下来的日子里慢慢了解了与收藏相关的故事。我们满足了大学提出的工作数小时的诉求，也满足了体现价值因而提出正当诉求的愿望，也由此证实我们不可替代的角色。职业平台让我连接了两家陈列室，不但让人获得体验，也让人珍惜生命中的美好。

原载《读书》2020年第6期

注释：

1. 〔宋〕司马光等：《资治通鉴》（十三），北京：中华书局，1956年，第5810页。
2. 杨荫浏：《乐器改革中的标兵》，中国艺术研究院音乐研究所编：《杨荫浏全集》第四卷，南京：凤凰出版传媒集团、江苏文艺出版社，2009年，第357—361页。
3. 〔宋〕司马光等：《资治通鉴》（十三），第6126页。

一根管子贯通丝路

国家博物馆 2020 年乐器展吹管乐俑

中国古代乐器家族中，没有能够作为主奏的吹管类乐器，笙、竽、篪、箫都不够响，古代笛子也非现在样式，音量不大。这一点从至今遗存的"雅乐"编制上可以看得很清楚，由于没有主奏乐器，整体音响效果不佳。这从一个侧面反证了中国人为什么对外来的管子、唢呐情有独钟的原因。户外乐队需要一件音量足够大、可以担当主奏的管乐器，于是，西域传来的管子、唢呐便派上了用场。

两件双簧乐器，成为中国大部分乡村乐队的领奏者，以两件乐器为主奏的乐队编制构成鼓吹乐的两个分支：笙管乐、唢呐乐。

响堂

【一】历史文献记录

管子如何传进中原,历史文献一笔带过,只能从很少的记载中看到传播轨迹。

唐杜佑(735—812)的《通典》:"觱篥、悲篥、笳管、风管;觱篥本名悲篥,出于胡中,其声悲。"(原注:胡人吹角以惊马,后乃以笳为首,竹为管)。[1]

唐音乐理论家段安节《乐府杂录·鼓吹部》(成书于公元894年前)记载:"筚篥者,龟兹国乐也,亦曰悲栗,有类于笳。""又即用哀笳,以羊角为管,芦为头。"[2]

陈旸《乐书》(成书于1101年)(卷一三〇)记载最详:

> 觱篥,一名悲篥,一名笳管,羌胡龟兹之乐也。以竹为管,以芦为首,状胡人笳而九窍,所法者角昔而已。其声悲栗,胡人吹之,以惊中国马焉……后世乐家者流,以其旋宫转器以应律管;因谱其音,为众器之首。至今鼓吹教坊用之,以为头管。是进夷狄之音加之中国雅乐之上,不几于以夷乱华乎?……然而大者九窍,以觱篥名之。小者六窍,以凤管名之。六窍者犹不失乎中声,而九窍者其失,盖与太平管同矣。今教坊所用,上七孔后二孔,以五凡工尺上一四六勾合谱其声。

中国境内的图像资料描绘了管子在唐代(618—907)宫廷中使用的情况。到了宋代(960—1279),筚篥被称为"头管",

可见其地位之重要。登上"乐队长"首席的筚篥，不负众望，扮演了让乐坛刮目相看的角色。

【二】形制

今日中国汉族地区能看到的管子有各种质料和规格的，现以北京、天津、河北省中部的笙管乐为例，看一下各种式样。

湖北武昌何家垅444号墓唐代吹筚篥乐俑

1. 八孔木制小管：最常见的一种。

2. 八孔玉制小管：仅为固安县礼让乡屈家营音乐会独有，一般不用。

3. 八孔银箍小管：管身木制，两头银制口箍。管箍常有"纯银"字样，乐师说："一样的管，这支出来的（银）字，就比其他的亮。"银制小管比一般小管更细短。

4. 八孔钢制、锡制、铜制小管：乐师以身边材料制成，应该是银制的延伸。

5. 八孔竹制小管：河北巨鹿县道教乐班用，与典籍"以竹为管，以芦为首"相符。

6. 八孔木制大管：南乐会采用这一形制。中管，尺寸在大管与小管之间，但已非历史上的"中管"。

7. 九孔木制小管：大部分乐社基本保持这一形制，但九孔一般不用。

8.木制双管：文献称"双筚篥"，河北吹打班常用，称"对子管"。

艺人说，管子大都自制。主要用紫檀木、红木、桦犁木等硬木制作。紫檀难找，常找旧家具或硬木家具下脚料，或废弃老器物作制料。

"管"或"筚篥"，字形从"竹"。但"筚篥"又写作"觱篥"，下面是"角"，说明质料曾用动物骨角。

西域管子的中国化，标志就是质料改变，改角为木，改竹为木。如同中国建筑、家具制料一样，木文化是典型的中国文化的体现。

另一种体现是银制。唐代有"银字"记载："北部安国有双筚篥、银字筚篥，银字，管也。"中国讲究金银，质料突出了昂贵身份。

更突出的是玉文化，玉制管子。中国人说"玉皇大帝""金

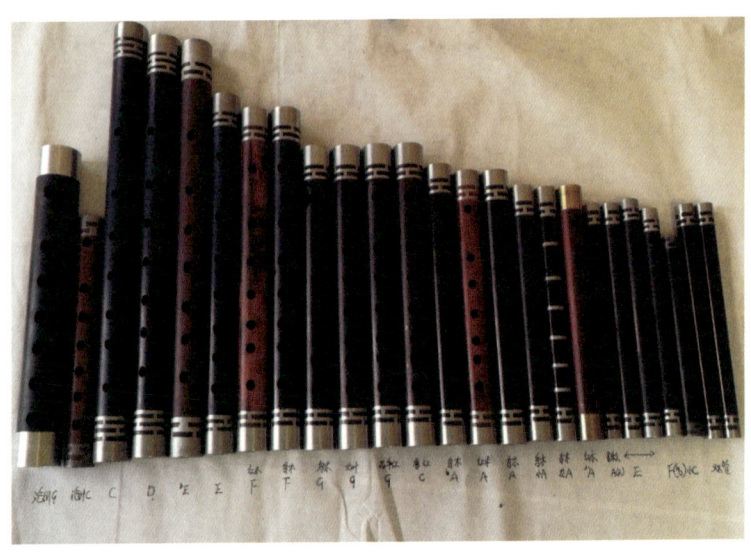

各种调高的管子

河北省保定市涞水县南高洛音乐会春节仪式（2015年）

童玉女"等，把"玉"视为最高等级。三种质料，体现了中国人选择乐器制料的喜好。

中国古代管乐器没有外接吹口装置，管子、唢呐有哨片，哨子保障了音高的稳定性。如果说起初还不能像后来一样领略外接吹口对乐器发声的影响，直觉已经告诉音乐家，双簧哨子与管体分离，使共鸣体有了自由嫁接和扩大音量的可能性。管体对音色影响很大，而唢呐碗的再次嫁接，更让音乐家看到放大音量的巨大功效。

河北民间乐师，一般于每年五月后（五月端午左右）去白洋淀采集芦苇，以作管哨。笙管乐如果没有制作管哨的芦苇，便不能繁衍滋长。可见白洋淀的意义。它是乐种诞生与繁衍的必要条件。某种程度上讲，如果没有以白洋淀为代表的河道和水域，就不会有笙管乐。不妨把西北地区的笙管乐消失的原因做一对比，可以看到，西安以西，笙管乐便逐渐消失。因为缺失了制作哨片的天然材料，环境变了，乐器消失。

【三】管体长短意味着宫调高低

历代文献记录的管子有不同名称、不同规格。不同名称实际上意味着不同调高。从物体上讲，管体长短意味着音调高低。"中管之格""银字觱篥""倍四头管""倍六头管""哑觱篥"都意味着调高。民间艺人根据管体长短称呼的"大管子""小管子"，意味着相隔五度的调高。"中管"已被"小管""大管"掩盖，应具的调高隐而不显。

山西省大同市阳高县鼓匠班葬礼仪式（2004年）

西方绘画吹管天使

大管和小管相距四度；曲笛和梆笛相差四度；北乐笙 E 调和南乐笙 A 调相距四度；"云锣"也相差四度。可以从配置上看到，古代宫廷具备着演奏不同调高的整套乐器。

【四】深度参与乡村仪式

一件乐器之所以能够在中国民间迅速传播，就在于它深度参与了民俗仪式。这使筚篥不但具备了艺术功能，还具备了社会功能。管子的悲凉音色和绵连气口，成为乡村丧礼的标志。它一开始被译为"悲篥"，一语成谶。

笙管乐主要参与的社区仪式有：春节祈年、中元祭祖、进庙敬香、朝山崇拜、祈雨驱雹等。日常则参与民俗的核心礼仪，如

九孔小管子正面（查阜西旧藏，中国艺术研究院藏）

宣扬孝道的葬礼。令人吃惊的是，它一般不参与和集体仪式无关的个体仪式，如婚礼。而另一个乐种唢呐则无所不用。

笙管乐演奏的乐曲风格庄严，曲目一般被记录在乐谱上。这是民间少有的现象，只有不多品种被记到乐谱上。值得重视的是，笙管大曲最短半小时。一件外来乐器在中国竟然演绎出了如此奇观，每套大曲都具有相当于西方奏鸣曲一样的长度，令人惊叹。

一件乐器，传遍北方，只有审视了中国人的生存状况，才能做出合理解释。

【五】一件乐器代表一个社会阶层

德国社会学家马克斯·韦伯在《音乐理性的社会基础》中提出"钢琴是一件中产阶级的奢侈家具"。把这一命题引申至中国，古代"八音"分类也暗喻了一种质料与一个社会阶层划等号的信息。如果把乐器与放置背景联系起来，人们一定不会把庄子"鼓盆而歌"的瓴缶瓦罐与魏文侯"乐而忘倦"的金石乐悬联系起来。金碧辉煌的宫廷摆着一套土制瓦罐,与贫民窟里摆放一套金属编钟,同样不可思议。制料代表尊贵贫贱,是身份代言体。

这成为一条解读途径:通过乐器分析社会阶层。中国典籍有大量描写乐器与社会阶层之间联系的记载,制度使所有物品有了身份寓意。

对中国人来说,器物与人群划等号。"金石之声"代表帝王,"筝瑟之乐"代表诸侯,"琴箫和鸣"代表文人,"瓴缶之乐"代表草民。人有尊卑贵贱,器有昂贵低廉。这种定式,音乐家很熟悉,只是以前未把其模式延伸至乡村。管子代表僧侣道士,唢呐代表鼓匠吹手。以"身份认同"理念解释乐器,是民族音乐学解答笙管乐何以成为寺院"标准乐队"的途径。

【六】一种组合代表一个阶层

如果说"钟磬乐悬"代表皇家,"瓴缶瓦罐"代表草根,则介于两者之间的寺院道观乐队,也具备了既不同于前者也不同于后者的样式。渴望拥有话语权的僧侣阶层不会放过机会。一套与其身份相应的乐队建立起来。寺院道观像其他阶层一样,采用了一系列可以辨认的符号。笙管乐逐渐定型,成为寺院标杆,与红黄相间的袈裟、铜磬木鱼,共同构成寺院的符号体系。

建立小型乐队,符合僧侣道士提倡的简约原则。笙管笛锣,鼓板铙钹,文场武场。僧侣乐队既区别于宫廷的金石管弦,又区别于民间的唢呐锣鼓。等级低于宫廷,高于民间。

乐器和乐队代表身份的现象在中国尤为突出,因为历史制度是"礼乐"等级制。通过这个途径,乐器学可以概括为乐器、乐队与社会身份划等号的模式。

【结语】一根管子贯通丝路

寺院乐队以西域传来的管子主奏,与西域传来的佛教身份一致。中国文化包容了佛教文化,中国乐队包容了外来乐器。此事为文化史上"儒释道圆融"提供了一个绝好例证。

中国音乐学家花了差不多六十余年时间,深入乡野,逐渐建立起一份超越地域和宏观俯视整个北方器乐文化的蓝图。当学术界可以关注整个北方的乡村仪式时,笙管乐种慢慢隆起的疆域和庞大轮廓,让关注者无比震惊。管子来自西域,但在中国北方乡村成为主奏,一枝独秀。"笙管"组合,一半源自本土,一半引自外域。"笙"代表中原,"管"代表外域。笙管并置,代表中外结合,代表儒释圆融。外来管子领奏,中国笙竽定律,既不乱华,也不排外。外来管子,本土笙竽,水乳相容,相互唱和,成为外来品种与本土品种的结合体。乐队既不全是本土乐器,也不全是外来乐器,兼而有之。一个"左右儒术",一个"纠正佛法",真是丝绸之路文化交融的集中体现。

原载《金融博览》2019 年第 1 期

注释:

1. 〔唐〕杜佑:《通典》,中华书局点校本,北京:中华书局,1988 年。
2. 〔唐〕段安节:《乐府杂录·鼓吹部》,上海古籍出版社标点本,上海:上海古籍出版社,1988 年,第 22 页,第 35 页。
3. 〔宋〕陈旸:《乐书》,卷一三〇,宋刻元明递修本。

白洋淀中的一条条水道

芦哨吹出一湖的凄凉
——白洋淀拾苇

【一】带"水"字边的地名

摊开河北地图,一个个与水相关的地名跃入眼帘:涞水,涞源,永清,徐水,滦阳……湿漉漉、水灵灵。带"水"字边的地名绝非空穴来风,意味着一条条真实的河道:滹沱河、固马河、易水、滦河、大清河、小清河、子牙河、无定河(后改永定河)、大运河等。这些河道见证过一个水系发达的生态网络,虽然现在已经大部分名存实亡。

徐水县的老乐师告诉我,小时候去天津是划着船去的,是唱着船歌去的。河湖纵横,光波潾潾,泛舟顺流,星奔电迈。证实他所言不虚的是《徐水县志》(民国二十一年[1932年]):"惟瀑河之水尚可行船,由安新直达天津。"[1]特别雨季,舟行无碍,方便出行。今日的庄稼地,也曾是"桥下轻舟来往疾""河头时有浣洗人"(朱彝尊《棹歌》)的水乡。

霸州市中口乡高桥村音乐会尚学智说:"过去村周围柳村河上有座大桥,故称'高桥'。村南是大清河。过去这里是水乡,现在全干涸了。本村原称'金鱼池',后改'宣文乡'。"现代人已经不知道为什么叫"高桥"了,如同北京人不知道为什么叫"天桥"一样。

雄县高庄有条干涸深沟,曾是每年入夏后必然涨满水的季节性河床。村民说,最严重的一次"发大水"是20世纪60年代。水没到人腰高,流水湍悍。高庄"原来的家",在水坝交汇处,那里是水路码头。老人回忆,那时河水暴涨,无边无际,携带乱七八糟的植物,从四面八方涌入院子。人们不敢出门,不知道里面潜藏了什么。因其如此,整个村庄搬到了现在的高地上,距原址十多里地。虽然那次水灾把"整个家给毁了",但老人还是怀恋"水程迢递,不辨头尾"的岁月,留在心底的还是那条从家门口一篙撑出去就能到其他村庄走亲戚的水路,吱吱嘎嘎的摇橹,摇摇晃晃的船篷,撑篙人船头的吆喝以及两岸的垂柳浓阴。高庄老乐师开玩笑地说:"现在想让大水淹一次都不可能了。"

这类故事很多。村民对湖滨河畔的向往甚至超过了对河水猛涨的恐惧以及毁墙撤屋的疼痛。现在别再指望大水还会冲了早已不存在的龙王庙（虽然徐水县、易县还残存着几座龙王庙），更甭指望"箫管迎龙水庙前"（李约《观祈雨》）了。

1994年，第一次到易县采风，经过那条音乐史上著名的易水。过桥时一晃而过，未及细看，待在县委招待所办理完入住手续后，便恨不得一步跨到易水上。在阅读音乐史的记忆和想象中，易水是条川流不息、浪涛滚滚的大河，不然怎能激起燕国太子送别荆轲时的"怒发冲冠"？翌日黎明，匆匆走到河畔，发现河面远没有想象的那么宽广。易水平静地流淌，虽无奔腾，至少河水覆盖着整个河床。不过几年，再赴易县，河床已经彻底裸露，河道里的几处浅湾稀稀拉拉生着水草，不远处桥墩下，一位老人在捡拾荒草。凝望河床，不免沮丧。音乐家无法接受没有易水的"变徵之声"！两千年前人口适宜、择水而居的燕国国都，一定是枕着

白洋淀芦苇中的鸭群

易水的涛声倾听击筑之响的。史书句奇语重，就那么寥寥几句，却呈现出画面感极强的悲壮送别。

我在小提琴曲《延水谣》中听过延河水流淌的朗润，在钢琴协奏曲《黄河》中听过黄河水的奔腾。但我在干涸的延河上找不到《延水谣》的旋律了，在下游的黄河之滨找不到《黄河》的怒吼了，如今，在易水上也再找不到刻进音符里的湿漉漉的记忆了。

水是中国文化的意向之一。乘快舟、临舱舫、游湖淀，不但创造了屈原《渔夫》"渔樵问答"的避世、"渔歌互答"的逍遥，也创造了普通百姓的惬意。两岸一闪而过，一切都在流动，除了原来的样子还有另外的样子。"轻舟短棹"，"扣舷而歌"，都是心灵飘升！"篱外谁家不系船"（崔道融《溪居即事》），吸引人的就在那个"水"字。

四通八达的湖泊河渠，在"填海造田、劈山为地"的盲动中消失殆尽，取而代之的是干巴巴的"硬路"。改造自然，人口暴增，"村落比密，塍畴交错"。河里的水都被抽到了越来越干涸的大田里，却依然养活不了越来越多的人口。这些都是人类有限认知造成的后果。

水系肢解，河道变成一块块不透水的柏油路。残余河床，惨不忍睹。深不载舟，浅不通车，杂草丛生，皴如龟裂。如此陷坏断绝，已垂百年矣。交通便利了，公路四通八达，但干旱严重。如同人们只在意为身躯套上华丽的衣衫，而从不在意身躯下流淌的血管。河道湖泊曾是保全百姓生生之计、无恐于枯干之害的生态，如今皆已无可挽回地裹进了现代，剩下的只是干涸河床中的悬殊遥想。

好在，河北还有一片最大的湖泊——白洋淀。白洋淀不但有一望无际的水面，还有无数条弯弯曲曲的巷道。扭来扭去、团团转的水泊，让芦苇荡燃起熊熊绿洲。住在周边的老人说：小时候水大，印象最深的就是水。有时睡到半夜，推开家门，银光粼粼，一望无际。小儿郎断不了捕鱼摸虾，嬉戏游泳。沿着岸边，慢慢划进，脚掌触石，用力一蹬，扑进深水，温暖漫满全身。

河北作家孙犁，多次描写过白洋淀水上人家的淳厚与歌吟。经过战争考验的作家，回忆中好像还有为躲避日军而匆匆赶往白洋淀，侥幸发现码头上还剩下一条小舟的闪亮时刻——那个"船泊荻渚"的景象简直就是"求生艇"呀！这里也是诗人北岛上山下乡的地方。他笔下的白洋淀，一半是残酷武斗，一半是浪漫诗兴。"文革"末期，北岛、多多、芒克等人，在白洋淀畔，以"知青"身份，用诗歌探索新型文学。[2]

其实外乡人关注白洋淀的不是这些后来看到的文字，而是电影《小兵张嘎》（当地人无数次地指着布满芦荻的白洋淀自豪地重复"这里就是《小兵张嘎》的拍摄地"）。所以，在冀中地区民间乐社普查期间，就听从友人劝告，想去那里看

管哨

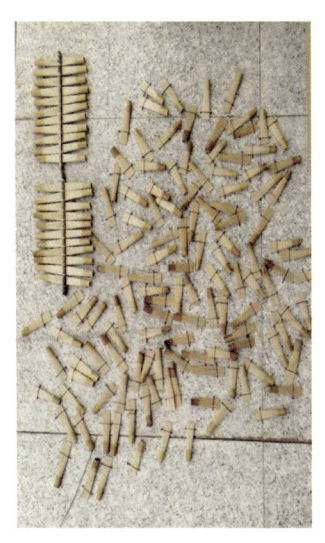

半成品与成品

看渗入童年记忆的地名究竟是个什么样。1995年,"首届全国鼓吹乐研讨会"期间,会议组织代表游览白洋淀。船从码头出发,一头扎入白洋淀。那天傍晚,我看到了多年未见的落日景象。

后来,无数次到过白洋淀。水上行让我看到了"以油催艇,疾如风雨"的现代轮机船,从白洋淀里慢慢提上来希望用来做饭却终于没有打上鱼来的旧水桶里飘着柴油星的水,老乡打开锅盖犹犹豫豫把米粥盛入大碗又终于倒回锅中留给孩子的手,背着行李卷沿着湿漉漉的街道孑然离开家乡的年轻人的身影,"水村山郭酒旗风"的渔家小店的拥挤和油滋滋的桌面……当然还有用刚刚打上来的鱼做成"贴饼子熬小鱼"的喷香的饭盆——湖水煮煮,大盘盛汤,那个鲜美哇!

鲁迅描写的江南水乡:"两岸的豆麦和河底的水草所发散出来的清香,夹杂在水气中扑面地吹来;月色便朦胧在这水气里。"[3]

汪曾祺《受戒》也有段精彩描写可以借用:

> 芦花才吐新穗。紫灰色的芦穗,发着银光,软软的,滑溜溜的,像一串丝线。有的地方结了蒲棒,通红的,像一枝一枝小蜡烛。青浮萍,紫浮萍。长脚蚊子,水蜘蛛。野菱角开着四瓣的小白花。惊起一只青桩(一种水鸟),擦着芦穗,扑鲁鲁飞远了。

野雁水鸭,扑鲁鲁飞远了,扑鲁鲁飞远了的还有轰轰烈烈与平平淡淡的日子。这些描写让人体会到,人类的生活与水多么密切。那种景象,才叫河北、才叫涞水、才叫涞源、才叫徐水、才叫永清、才叫天津……河、湖、淀、津，带"水"的地方，不是虚名。河流穿行，湖泊相衔，渔业生机盎然。如今，许多地名已成故纸堆中的记忆，再想听听渠水边水车上哗啦啦的响声，已是万万不能了。

【二】哨片含咀汪洋

音乐学家并没有把白洋淀仅仅想象成《小兵张嘎》充满浪漫的湖水风情，也不会把冀中平原想象成电影《平原游击队》一望无际的青纱帐，他们还看到了乐器材料采集地的意义。这个定位是音乐民族志叙述地缘环境与音乐品种关联的接点。没有芦苇，管哨就没有材料，笛子就没有笛膜，笙管乐就不复存在。正确的逻辑是：白洋淀生芦苇，芦苇生管哨，管哨生音乐。一句话：没有白洋淀，就没有笙管乐！所以，考察此地之所以孵化出一个丰饶乐种——笙管乐，就是因为有一片一眼望不到头的白洋淀和一眼望不到头的芦苇荡。诗意地讲，阳光在葭芦上刷出的一丝金线，才是抹亮数百家乐社的霞光。

每年进五月（农历五月端午左右），各村乐师就三五成群地到白洋淀采集芦苇了。一来用作笛膜，二来用作管哨。水乡菏泽，性命攸关。夕阳下行走在齐肩深芦苇丛里的乐师，不单只为霞光赞叹，还要慧眼识珠，学会分

管哨纹理

安装管头的管哨

采用双簧哨片的吹奏乐器双簧管和 duduk

辨哪些适合做哨片。划开漂浮的水草,赶走鼓眼睛的青蛙,沿着倾斜岸边,选择粗细适度的芦苇。挑选好的芦苇,撕去叶子,用手粗粗剔除打节处的泥垢,再撩着水,从上往下顺着冲洗。打成一小捆,横浸到浅水里泡一会,芦苇就被浸得亮光光的了。最后,甩干擦净,满载而归。

　　按照两支哨片的长度,将芦苇裁成一截一截的。用刀片将中间一小段的外皮小心削刮,使之露出细腻纹理。两端芦皮,保留略粗的皮质。中间一段,是用做哨头的部分,用一截木杆或竹竿,从两边压住,使之成为渐趋倾斜的扁形。为防止压扁部分涨回,用细绳系紧木杆,等于用夹子夹住咽喉。选做吹口的一头,为保持圆形,可在芦管内塞上一小段木塞,放到脸盆浸泡,拿出晾干。

晾干过程，不能晒，慢慢阴干。待其干挺，扁形也基本固定了。

一截芦苇，两头呈圆形，中间呈扁形，用剪刀在中间一裁二，分成两只哨片。再用刀片将吹口一端轻轻刮削，使纹路细腻，摸上去滑溜溜的。选做哨口的一头，成形后，另一头用细线一圈圈缠紧，有的用黄铜丝缠绕固牢，形成前扁后圆的喇叭状。最后，把哨片放到唇边，试吹，看看是否漏气。乐师一次会制作一批哨片，从中选出振动最响亮、唇感最舒服的，留做己用。

制作过程，缓慢悠长，要几天工夫。看着一双巧手，熟练操作，如同享受葭芦、茭莲的清纯气息。这种情景下，你就只有眯缝着蒙眬醉眼在一旁瞅着的份儿。工匠在现代人心中永远定格为一群从来不怎么洗手而且好像总也洗不干净并从来不正儿八经用毛巾的人，但这双手一旦拿起工具、制作乐器，究竟洗没洗过手就可以视而不见了。那是一双点石成金的手，让一小段蒹葭，发出水鸟的欢鸣。

记得一次，我指着芦苇对乐师说："我们从小就喜欢'芦苇荡'这个词，神秘加点浪漫。"他抬起头来看看我，回答道："我不喜欢'荡'，只喜欢'芦苇'。"这大概就是人类学所说的局内人与局外人之间的"所指偏移"！

【三】爆裂的芦管

易县神石村音乐会的老乐师告诉我，"文革"伊始，乐社不敢闹动静了。他把管哨悄悄放进哨盒，一放数年。待村里又让办事了，打开哨盒，发现哨子早已干燥爆裂，不能吹了。他说："这是老天爷告诫我不要再吹了！"那家乐社，由此而散。许多乐师讲过类似因哨片坏了不再吹管的故事。过去听这类说词，总觉得他们对哨片的神奇不免夸张得有些过分，直到亲耳听到一位大活人带着哀婉声调讲述自己的爱乐史，才能感到一片轻芦承载的生命之重。百里挑一、精心呵护的那支哨片，如唇如舌，如臂使掌，如掌使指，已经成为"身体表达"的一部分。哨片枯萎，如同断臂伤指，唇亡齿寒。有此"体感"，焉能不摔琴绝弦，以谢笙管？

描述白洋淀，不仅是因为对河北最大的水泽有特殊钟爱，也不仅是因为乐器制料让我们加深了技术认知，还有听到受访者不断叙述的这类超出我们日常经验、一只哨片倾覆人生的故事。这让我意识到芦荻作为延伸肢体的"器官"与主人达到的"合体"程度——世上最廉价的材料与世上最昂贵的环境——休戚与共的依存关系。音乐学的叙述似乎更应该保持"情感中立"，删除个体关注，然而，我们之所以愿意加入这类叙述，就在于它真实地呈现出乐器持有者与生活境地和生态变迁的关联。音乐学似乎更关注一个群体参与音乐活动的平均参数或整体状况，但民族音乐学却更关注一个个体为什么参与了音乐活动以及为什么离开了音乐活动的原因。那个有血有肉、有唇有舌的个体，同样能够体现集体。这类故事，常被湮没。其实，许多音乐家都因乐器上一个部件的损伤放弃了爱乐之缘，如同阿炳因二胡蒙皮被老鼠咬破而放弃了演

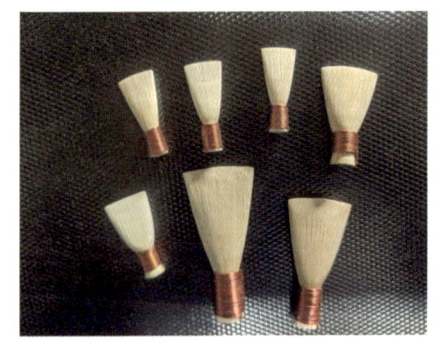

唢呐哨片（牛建党供图）

奏一样。

我们愿意描述一位乐师的个人感受，不仅是为了让民族音乐志保持真实，而且是为了让人感受到"河水清且涟猗"的湖泽河畔与乐师间的紧密关联。庄户乐师通过哨片含咀周边，感知世界，那支经年累月、空置匣盒变得干巴巴的哨片，比之干巴巴的理论，更易让人懂得"润泽"与"干枯"的意义。说来奇怪，我从此认为管子的声音就是芦苇的声音，而芦苇的声音就是白洋淀的声音。这当然非常唯心，哨片与湖泊已经失去关联，但我还是听到了"故垒萧萧芦荻秋"（刘禹锡《西塞山怀古》）。

芦哨携带湿润，携带唇感，承载了双簧振动的敏锐与音高稳定的追求，也承载了水乡泽畔的乐师压上一生的爱好。哨片从水畔峭拔而出，从耳畔呼啸而起，不用刻意去想，白洋淀自会在意念深处碧波荡漾，汩汩长流。白洋淀犹如一个巨大的漩涡，将看上去毫无关联的乐社和乐师卷在一起。芦笛中有小人物的挣扎、湖中打捞的梦境、革命的历史进程、苇瓢的气息以及操纵他们如此行事的传统与信俗。

成千上万支管子哨片、成千上万支唢呐哨片、成千上万片笛膜，来源于成千上万支芦苇，这个巨大用量让我们在探视乐种赖以为生的最基本、最关键的基料时，难免心有戚戚。这个敏感的"尖端"，恰是冀中平原上那支庞大的鼓吹军团的支点。那支军团不能耐受湖泊干涸，不能忍受水泽蚕食，不能忍受以竭泽而渔换取的"沧海变良田"。滚滚而来的现代围剿，让干巴巴的管哨再也发不出底层百姓对不公命运的不平之鸣！

【四】白洋淀的独特性与民族音乐志书写

季羡林《蔗糖史》将历史、文献和语言学交叉，讲述了一宗全球交流史的案例。英语的糖 Sugar，法语、德语的"糖"，均来自梵文 Sarkara，敦煌残卷里汉语"煞割令"也出自梵文。其实，丝绸、瓷器、茶叶、蔗糖以及乐器，都是突破一国史把世界连接起来的响点。

乐器如同蔗糖。吹管乐是世界最庞大的种群之一，叫法如同糖一样，差不多相似。阿拉伯地区"奈依"(Ney)一词，原意"芦苇"，引申为各类芦苇制作的管乐。英文 Naiad，文学史译为"那伊阿德"，指古希腊的"水泉女神"。Nail，钉子、指甲，皆有顶尖、尖端之意。想必源自相同词根。这个字的发音，也是《庄子齐物论》"籁"

中央民族乐团唢呐演奏者宋瑶（2012 年）

连接的地球,俄罗斯圣彼得堡海军部大厦门前雕塑

字的源头,"天籁"指的就是它。"柰"后来写作"呐",派生出"唢呐"一词。

  如果对历史文献略作搜寻与稽考,"籁"像"糖"一样,也能看到遍布世界的传播现象。文字史的研究与乐器史的研究,结论差不多。部分双簧类管乐器,都有相同发音,既揭示表面事实,也透露深埋真相。随着唢呐声望日隆和大面积传播,波斯、南亚、中亚、中国等,繁衍出一个遍布南北的乐种,形成了多国、多族、多域的千支百脉。小事物延伸大现象,小物件延伸大家族。庞大的鼓吹乐王国竟然立足于一枚小介质,并被它所塑造。如此看来,芦苇就不可小觑了。我们这样说绝不是夸张到白洋淀里淹死一只鸡就说成是鸡汤的意思。但一个庞大家族得以聚拢的"尖尖角",

的确就是袅袅婷婷露出水面的芦苇。

奈、籁、奈依、唢呐,有着与糖一样的发散效果。这条传播渠道分布着一汪汪的湖泊、水塘、湿地、浅沼。丝绸之路并非如电影上看到的那样到处是干巴巴的沙漠和驼铃,也有千帆竞进、舟楫过往的水路。在庄户人口头称谓的河、淀、沟、洺、塘、湾、池、泊、江、湖、海的两岸,照例是"四处野鸭和菱藕"的芦苇荡漾。哨片是最朴素的元素,却推动了音乐家的声音创造,也推动了音乐学家的声境认知。

白洋淀是金色池塘,生长着吹管乐器得以吹响的基料。白洋淀还是那片白洋淀,乐种还是那个乐种,一旦连接,音乐就赋予粼粼光波以文化灵光,粼粼光波也赋予音乐以自然灵气。这比之一本正经地讲乐种位于北纬多少度、东经多少度带劲多了。学位论文,遵循规矩,描叙方位;其实,这才是最该写的。笙管乐在此落脚,只写经纬,只叙堪舆,置"一片汪洋都不见",就丢了魂。在这个层面上,水泽就不是无从落笔的地理,而是声境诞生的条件。这就好比看见芦苇写芦苇,看见管哨写管哨,而不注意"靠山吃山靠水吃水"的地缘。有了这条线索,空间叙述才不至于成为"墙上芦苇"失去根基。有这个叙述与没这个叙述大不一样。这不是地理学意义的背景,而是文化地理学意义的背景。用清人陈田《明诗纪事丙籖·李东阳》"含咀宫商,以纳和雅"来形容哨片,才有了咀嚼韵味。地缘价值,就此植入。

一次在白洋淀,恰遇一场突如其来的暴雨。铺天盖地的雨帘,像刷子一样扫过芦苇荡,千顷芦荻一边倒。雨下得跟有仇似的,浓烈渲染了陆地上生长的人站在淀边的心情。那可不是一人高的稀稀拉拉的芦苇，而是三四米高、密密麻麻、严严实实、山墙一堵般的芦苇荡。从此对芦苇荡有了全新认识。一望无际的澎湃呼啸，是自然的野性，不容侵犯。破坏自然，就是破坏文化。毁了湖泊，就毁了声音。陈旸《乐书·竽篥》云："以竹为管，以芦为首。""竹、芦"没了，"管、首"也就没了。

疫情肆虐的2020年，反思人类对包括白洋淀在内的自然环境造成的伤害与大自然的报复，用下面的话作结也许更令人沉思。英国历史学家费尔南多·阿梅斯托在《文明：文化、野心，以及人与自然的伟大博弈》（中信出版社）中说："不论我们多么凶猛野蛮地对待环境，它仍旧有能力反扑。我们把生态链中的环节斩断了，自己却仍在这锁链之中。"

原载《人民音乐》2021年第3期

注释：
1. 《徐水县志》民国二十一年（1932年）铅印本。引自丁世良、赵放主编：《中国地方志民俗资料汇编·华北卷》，北京：北京图书馆出版社，1989年，第340页。
2. 北岛：《断章》，北岛、李陀主编：《七十年代》，北京：生活·读书·新知三联书店，2009年。参见第36页："白洋淀的广阔空间，似乎就是为展示时间的流动，四季更迭，铺陈特有的颜色。不少北京知青到这儿落户，寻找自由与安宁。其实白洋淀非避乱世之地，1968年底，我和同学来搞社会调查，正赶上武斗，被围在县城招待所，枪林弹雨。"
3. 鲁迅：《社戏》，《鲁迅全集》第一卷，北京：人民文学出版社，1981年，第564页。

美国大都会博物馆管乐展厅,音乐馆前厅

弯曲的声音

——号角类乐器趣览

吹奏乐器一向被分成三六九等。小号、圆号的地位有多高,号角、贝螺的地位就有多低。号角在乐器链中处于最低层,自然是因为表现性能与半音化程度不高且难以控制的缘故。技术标准险些让它未被划入乐器之列,勉强称为"信号性乐器"。从乐器史角度看,简单粗放,容易观察从初始迈向高端的起点,即是由贝螺兽角、竹筒树干所逐渐建构起的管乐强大阵容的历程。贝螺角笳，不断改进，变身为圆号、小号、长号、短号、大号系列，让金光耀眼的军乐团声势啸空，成为管弦乐团音量最强的分组。

博物馆盛放着一类器物的孩提时代。号角从世界各地冒出来，像野草一样旺盛，无处不在，乃至分布太广、查不出到底有多少分支的程度。

【一】异乡闻乐更辉煌

韩国总统接待外国元首的仪式，令人印象最深的是穿着传统服装的仪仗队。其中的乐队，可不是各国通行的西洋铜管乐，而是古老的鼓吹乐。鼓吹乐源自中国，但韩国保持传统，逆世界潮流而动，令人刮目相看。

鼓吹史上有个问题，让人始终弄不明白。号角海螺，音高取决于自然质料，无法调定音高。"不着调"的角贝，怎么参与合奏？但历史文献，言之凿凿。唐五代王建墓浮雕、敦煌壁画、清帝出巡图，描绘得清清楚楚，不容置疑。山西太原北周虞弘墓（6世纪），石椁底座刻绘数组奏乐者。吹角者高鼻深目，络腮胡须，窄袖长衫，腰间系带，足蹬短靴，典型的胡人形象。虽然如此，音乐家还是将信将疑，因为我们懂得，贝角没有音高，肯定搅浑乐队。

2007年，到韩国参加韩国国际艺术博览会，看到包括海螺在内的鼓吹乐，才解开了这个疑惑多年的心结。那支乐队有唢呐、笛子、笙箫，少见的是，还有一排"吹贝"。出乎意料的是，海螺不是在旋律中间吹，而是在两个乐句之间吹。每四小节，举吹一次。间插空档，结构固定。换句话说，乐队每奏一句，角贝间

北朝娄睿墓壁画一千五百多年前绘画"胡角横吹图"局部

陕北榆林马坊镇牛王会吹长尖的吹手们（2011年）

插一响。乐队起，则息声；乐队停，则鸣放。既气派非凡，又不扰旋律。角贝管弦，互不干扰。音高是否符合乐队调高，可以根本不在考虑之列了。

见此情景，恍然大悟，终于搞明白了鼓吹乐既利用角贝的巨响又不影响旋律的办法了。若非身处现场，怎么也想不到这条曲径。中国业已消失，韩国仍旧保持、且于国家典礼上依然"冠皂纱、著绣襆、乘肩舆"的古老"卤薄"，令人大开眼界，举重若轻，一吹释怀。

眼见为实，耳听亦实。冥思苦想，杳无答案。解惑办法，就是踏进文化现场！

【二】直不笼统

号角在世界许多地区都有，形制天下一式。牛角、贝螺，自然弯曲，管口呈椭圆状，喇叭形，细端为浅杯形吹口。演奏略分三种：体短者，双手举持；较长者，左手托抱，右手持举；巨大者，落地支撑，双手扶持。

陕北鼓乐班所用长号，当地称"长尖""尖吹"。两米左右，细长，无按孔，吹单声。仪式关节处，长啸一声。为使不变形，黄土高原上的民众，将材料对准了黄铜。如今所见，大部分为铜制。当地"吹手"得意地说："它是黄土高原上唯一有实力充当大嗓门的传令官、但自己选择不充当大嗓门领导的家伙。"

贝螺声音宏大，沉闷粗犷，征战狩猎，少不了它。音乐家听到了效果，于是，牧民、猎人、船工传递信号的工具被音乐家借用了过来。皇室海螺，不再赤条条的了。抹去棱角，去掉海腥，镶嵌玛瑙，安置号嘴，专置托座，俨然贵戚。乐器有草根故事，也有帝王世家。

中国境内的最大号角是藏族筒钦。作为寺院铺垫气氛的工具，吼声庄严。藏族传说《普桑寺的树木和法号》道："普桑寺法号可以吹出公象和母象的声响。"数支筒钦一起吹，音吐嘹亮，洗悟尘心。

2009年12月，在拉萨布达拉宫对面一条小道中，参观一家专门制造筒钦的私人作坊。藏族工匠把铜片打制成长形圆筒状，长短据用户需要定制。两节不够，加三节；三节不够，加四节。几截号筒，粗细衔接，长度随意延伸。

按照传统工艺，筒杆用木头削刮而成，两头镶嵌铜制花纹套头。但木制费时费工，已经没人做了。目前基本都是铜制。传统的木制铜裹，有分量，斤两足，喇嘛觉得更有劲！

在捷克布拉格，看到与迪吉里杜相似的福佳拉（Fujala）。查理大桥上，一位街头音乐家正在吹奏。长达两米的福佳拉，原是牧羊人的信号工具，后成为节日象征，2005年，列入联合

海螺皇家版

国教科文组织非遗名录。福佳拉例分两种，一种单管，横吹。还

中央民族乐团与西藏歌舞团联合演出"西藏春天"音乐会上两位吹筒钦的音乐家

有一种,竖立长管,外接吹哨短管;长管下方开有六孔,已经发展为正儿八经的吹奏乐器了。

第一次看到牧羊人信号工具还在使用,感到世界各地同行为保护非遗而努力的共同精神。在具有八百年历史的查理大桥上听到具有数百年历史的福佳拉,历史的边界就模糊了。如同大桥,连接两岸,一柄号角,连接古今。

瑞士号角(Alphorn.Alps),或称阿尔比斯牧羊大号,一般四五米长,恐怕是世界上最长的号角。它通体木制,落地处有点弧度,以为支点。每年一度的牧羊人节日,可称"雷霆日",由一百五十人组成的号团,布满山阳草坪,中间站立着身穿传统服装、举着十字架形国旗的信号手。号旗一挥,角声震得阿尔卑斯山上的积雪纷纷颤抖,仿佛不是耳朵听到的,而是从身体振荡中感受到的。不但艺人喜欢，作曲家也喜欢。勃拉姆斯《第一交响曲》第四乐章引子"阿尔卑斯山的号角"，就用圆号模仿放"大炮"。大炮一响，就带人攀上阿尔卑斯山了。它也成为瑞士的代表，列入非遗名录，据说传承人有三千九百多位。

一度困扰我的是，成天与山脉乡野连在一起的号角，到底是旋律乐器还是非旋律乐器。尽管民族音乐学毫不怀疑响器的乐器定性，但还是让人犹疑，它们真的吹不出多声从而可以名副其实、堂而皇之地列入乐器榜单吗？在陕北，我曾让一位吹手翻来覆去地尝试，能否在长尖上吹出第二、第三个音。我们失败了。沮丧的我，最终还是确定，号角不能算作旋律乐器。这曾让我不很甘，直到看到瑞士牧羊人吹奏旋律而且是复杂旋律的场面。

捷克布拉格查理大桥上演奏福佳拉（Fujala）的街头艺术家

2020年瑞士国庆节，瑞士号角合奏

乐器的声学原理，讲起来复杂，一般人不容易懂。我们简单解说。管内"空气柱"的长短，决定音高。吹入的气波，沿管体向下传播，触底反弹，回到上端，再次反弹。一次往返，构成一个振动周期。管体越短，声音越高；管体越长，频率越低。因为往返时间长。

振动周期不变，音高不变。于是，音乐家想方设法，把一截管长断为几截。这样管子里的空气柱就变为可控的几段了。如笛子、唢呐、筚篥、箫、篪的开孔方式，就是使有效振动长度变为几段的方法。多孔以分其体，截气以断其节。同体而气柱不同，同管而音高不同。

还有一种办法，就是改变管体内的振动模式，即改变空气回旋的方式，进而获得不同音高。这样的方法比较难，要靠吹奏者

1530—1560年意大利乐器演奏绘画（Master-Die）

的嘴唇控制。牧羊人号角获得不同音高的方式，就是这样。吹嘴移动，紧松有度，多声并出，馨无不妙。

我也许是被没有按孔、口头控制太难的外表蒙蔽了。人家不但吹出了完整旋律，而且是维也纳古典乐派的经典名作。这才让人充分意识到，决定号角是否可以吹旋律的不是乐器本身，而是文化环境。看来，能否吹奏旋律不仅是个技术问题，而且是这支华丽种群所处的文化环境——摇摆于信号与旋律之间向哪一方侧重——摆脱似乎牢不可破的单筒单声与近乎无依无靠的漂泊品性而与城市文化产生千丝万缕联系的问题。阿尔卑斯山当然无法切断二者之间的联系，因为它的曲调都来自崇山峻岭之外的繁华都城。在欧洲多声音乐的背景下，绝少单吹，都是合奏，而且也不一定非走开孔、加键那么复杂的道路，环境同样让它吐高吹低，幽艳独绝。

以器观道，以器观俗。巨大的牧羊号，把我吹蒙了，如同韩国鼓吹乐一样，

比利时布鲁塞尔音乐博物馆中的异形管乐器

又给我上了一课。

上举事例,沧海一粟。今天,千山万水,顷刻同框。中心起源说——少数原创地供给多数使用者的圆心散布模式,被多向度——捡拾相同材料、发明相似响器的平等视野所取代。进入辽阔空间,一元说的偏狭,自然不足为凭。不去博物馆,不知道有那么多成员,更不知道有那么多成员讲不同方言。原理相近,材质相近,成员却可能有大相径庭的操作,更不用说外表上花花绿绿的模样。

捷克布拉格国家音乐博物馆管乐展区

【三】曲里拐弯

瑞士号角落脚点的弧度,饶有趣味,充分利用吹奏乐器的状态,就绝非刀插不进、水泼不进的铁板一块了。牛角贝螺,自然弯曲,这个弯度,难免不让人推演。中国管乐器的主要特征是一根直不笼统的管;西方管乐器的主要特征是扭成曲里拐弯的管。人们不禁要问:为什么中国人"耿直",外国人"花花肠子"?

管乐获得音高的方法不止一种。改变管体振动模式,

日本滨松市乐器博物馆管乐器一角

法国巴黎音乐城号角一组

是途径之一,而改变方式,一靠吹嘴控制,二靠改变形制。或者说,把吹嘴控制变得更简单,即把管弯起来,让空气柱改变走向。木管乐器通常可以用一种指法演奏多个音高,所用方法,也是改变振动模式。关键步骤,就是绕个弯。拐个弯,就能吹出另一个音;再拐个弯,又能吹出另一个音。有了第一弯、第二弯、第三弯,乃至"弯过了九道湾",圈圈兜绕,加上管径粗细,就不是多出几个音的问题了,而是变成"豹头环眼、蚕眉凤目"的另一副面孔的问题了。从此,分野可就大了去了。弯曲给音乐家开了个玩笑,让笑过之后的音乐家明白了一个道理:弯曲再多一点,就诞生了另一个品种。

英文 Involution 译为"内卷",科普读物说它源自贝壳。有的贝壳,伸出尖头,而内卷贝壳不往外伸,是在内部伸卷,形成很多构造,但从外观上看不出弯绕构造。如果把人类学喜用的这

圣彼得堡音乐博物馆象牙雕刻号角

个词用到铜管乐上,也可以形象地描述声音发出过程。气流在一圈圈管道中转圈,根据不同走向、不同长短的管径、甬道的关闭与打开,形成不同音高。圆号最初只有一个大圈,等于加长了管体并改变了振动模式。此法好处有二:一是控制音高,二是操作方便。让长管缩到演奏者怀里,如同万米高空才能看到头的九曲黄河,圈到一个水库里,面积缩小了。后来则大小管径结庐盘绕,切换闸口,掌控自如。

　　差不多经历了相同的"曲折",铜管乐的尖尖角——小号——

横空出世了。小号音色的响亮和生命力让人吃惊。如果把其比喻为国家队主教练,中音号、短号、大号不过是省队的种子选手罢了。它成为铜管王国的领航者。其他那些还满脑子有荣登王位不切实际幻想的家伙,最后不得不让位于它的嘹亮。圆号地位,不可取代,"弯弯绕"渐成宠物,中音区全靠其支撑。历史就这么残酷,绕来绕去的比直不笼统的幸运多了。一支规模和音响都令人侧目的军乐团,就这样开始独立门户了。有了这支军团,才有了瓦格纳歌剧《罗恩格林》第三幕前奏曲的耀武扬威,才有了《罗恩格林》序曲铜管乐出现的壮丽辉煌。

【结语】贝、螺、角、笳——声与声不一样

中国人对于贝、螺、角、笳的意象,大都从弥漫着呜咽之声的诗歌中获得。"角声满天秋色里"(李贺《雁门太守行》),"何处吹笳薄暮天"(杜牧《边上闻笳三首其一》),"城上斜阳画角哀"(陆游《沈园》),"不知何处吹芦管"(李益《夜上受降城闻笛》)。螺贝、画角、胡笳、号筒,

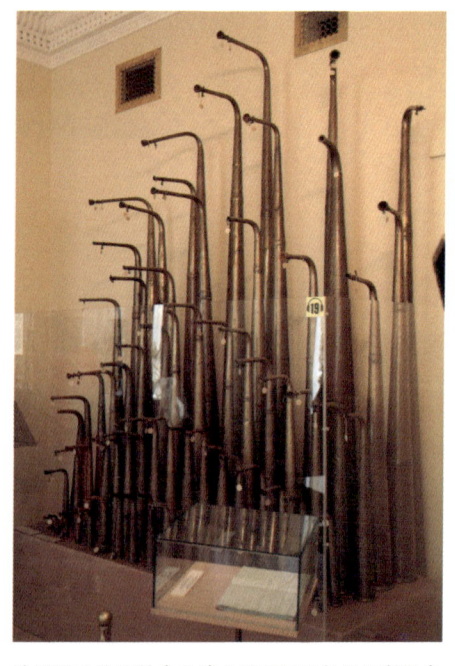

俄罗斯圣彼得堡音乐博物馆不同规格的铜制号角

开启了一片边塞诗歌的悲壮天地。历史在"管道"中吹来，让"进如锋矢、过如雷霆"的音讯，传遍烽火台，也传遍红红火火的乡村仪式。

螺贝角箛的生命史，远非终止于开孔、加键的边际。从陕北长尖到藏族简钦，从捷克福佳拉到澳大利亚迪吉里杜，从韩国国家仪式的螺贝到阿尔卑斯山的瑞士大号，气量充沛，喉咙抖擞，吐放着一派活生生的洪亮。平摆上述品种，并非是体恤众生，而是意在提醒，乐器史绝非一条不断进化、物竞天择、有了"高级"就淘汰"低级"的管径，而是初始样态与顶端设计并行于世的多元状态。发展链不断塑造下一轮接续者的同时，依然保持早期样态，而且没有半点打蔫的感觉。

同器异域，迹同事殊。博物馆总让人有意想不到的精彩，不知道会从哪个犄角旮旯儿，又会奉出一枚彩蛋。

附记：私人化连接——圆号记忆

2018年2月26日，我参加"中国人民解放军军乐团"高级职称评审工作。正值写这篇文章，一个现象让我暗自惊异，记录下来，援以为例。

1971年，我参加工作时，与乐队圆号手李玉明结为朋友。听他演奏，长达六年。坐在军乐团排练厅听圆号手演奏，脑海中突然浮现出李玉明的形象及排练的种种细节。平日深埋心底、难得一现的记忆，随着熟悉的音色渐渐浮出。一段遥远的记忆，竟能被一种音色激活！平日里不知道躲在哪个犄角旮旯儿的事，使劲

"花花肠子"美国大都会博物馆藏品

想也想不起来,然而,一件熟悉的管乐器却让众里寻他千百度的灯火阑珊,像计算机调动储存一样,迅速提至眼前。

其他的管乐器也熟悉,但打动我的,只有圆号。长笛演奏的《匈牙利幻想曲》华丽异常,莫扎特《D大调长笛协奏曲》悠长辽远,小号手的《f小调小号协奏曲》《帕米尔的春天》明亮辉煌,单簧管《韦伯小协奏曲》,次中音号《幻想曲》眼花缭乱,萨克斯《威尼斯幻想曲》一片迷蒙……这些都令人陶醉,却唤不起回忆。记忆具有排他性。一个亲密人物,一件熟悉乐器,紧密相连。绳子头一提起,一串往事,不请自到。

更奇怪的是,双簧管演奏理查·施特劳斯的《D大调双簧管协奏曲》时，我竟然想起了乐队双簧管演奏者与老婆吵架的样子。这件乐器竟然勾出四十年前鸡毛蒜皮的琐事。平日几乎不可能想到也绝对不会去想的事，因为熟悉的音色而冒了出来，太不可思议了！

记忆理论认为，经历储存于大脑，或深或浅，须有适当条件或媒介刺激，才能激活。音乐家会特别熟悉某一类乐器，评价也因此而不限于中外与否、美妙与否、优劣与否，而只关乎情感的深浅与否。突然明白，记忆之所以出其不意地再现，皆因熟悉的音色潜入心底，一旦响起，多年前的画面，便会折回，犹如空中转了一圈又返回手里的飞去来器。如果不是写作此文，也许不会注意这一细节，提取记忆的媒介，竟然是那一圈圈曲里拐弯、盘来盘去的圆号。

原载《民艺》2020年第6期

少数民族依然保留着演奏口簧的习俗

微启朱唇与大声歌唱
——口簧、笙竽、手风琴连读

乐器学走过了摸清家底的最初蓬勃后,来到三岔口,伫立于前不见去路、后不见退路的困惑中寻思何去何从。一件乐器不止在一个地域一段时间呈现一种样态,还在不同地域不同时间呈现不同样态。全球化图景让我们看到了同类乐器在异地异时呈现出的你中有我我中有你的状态,特别是原理相同而形制不同的家族。以前的乐器学要么秉持欧洲中心论,要么各国单线叙述,互不交叉。新型的乐器学叙述则着意打破壁垒，通盘鉴览，展示一类品种的整体谱系。

【一】从巧舌如簧到滥竽充数

乐器真的能生育吗？第一代与第二代、第三代……隔代血脉，能否辨认？口簧变笙竽，瘦小的祖母诞生健硕的后代，敢认吗！"代际"当然是个比喻，这里所说的"一代"，是指发声原理有派生关系的种类，当然不是生物意义上的"生个大胖小子"。如同动植物分类的科目族属，一类乐器也会延伸出一个家族。音乐学家试图找到一套办法，从原理相同但相貌不同的乐器中找出共同"姓氏"。

中国音乐研究所乐器陈列室曾有块展板，缀满不同形制、不同质料的口弦。"园圃"绝非乱摆乱放，而是标本史。南方竹制口簧、北方铜制口簧、最早骨制口簧、最晚铁制口簧，手指拨动，弦拉振动。

陕西出土最早的石崩口弦，将历史推到六千年前。它穿过"我有嘉宾，吹笙鼓簧"的《诗经》，穿越"铜簧韵脆锵寒竹"（李煜）的唐诗宋词，从众声喧哗中，离开历史正腔，隐身民俗深处。

从竹子上剥离一小片舌头，拨动发出微微振动。多少有情人，"口衔凤钩，微触以齿"，甜言蜜语，巧舌如簧。小巧的舌头，必须借助一个共鸣体才能让人听到，于是先民把簧片固定于竹管底部，代替再鼓也鼓不大的腮帮子。[1]若嫌嗓门不够大，可以加长、加粗管子。乐器体型就是这么增肥的！贴附竹管，簧片实现了第一次变身。口簧变笙簧，口弦变笙竽。嫁接的成功之处就在于从

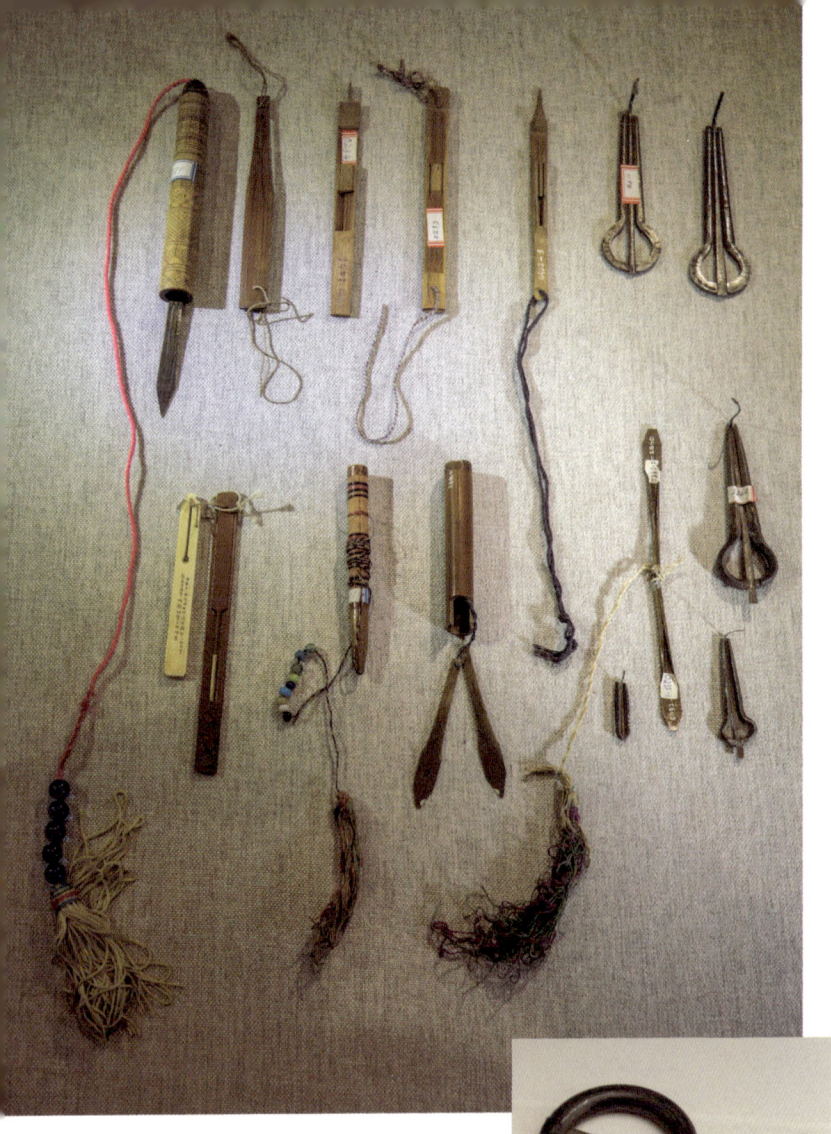

中国各民族口簧（中国艺术研究院）

口簧，亦称口弦

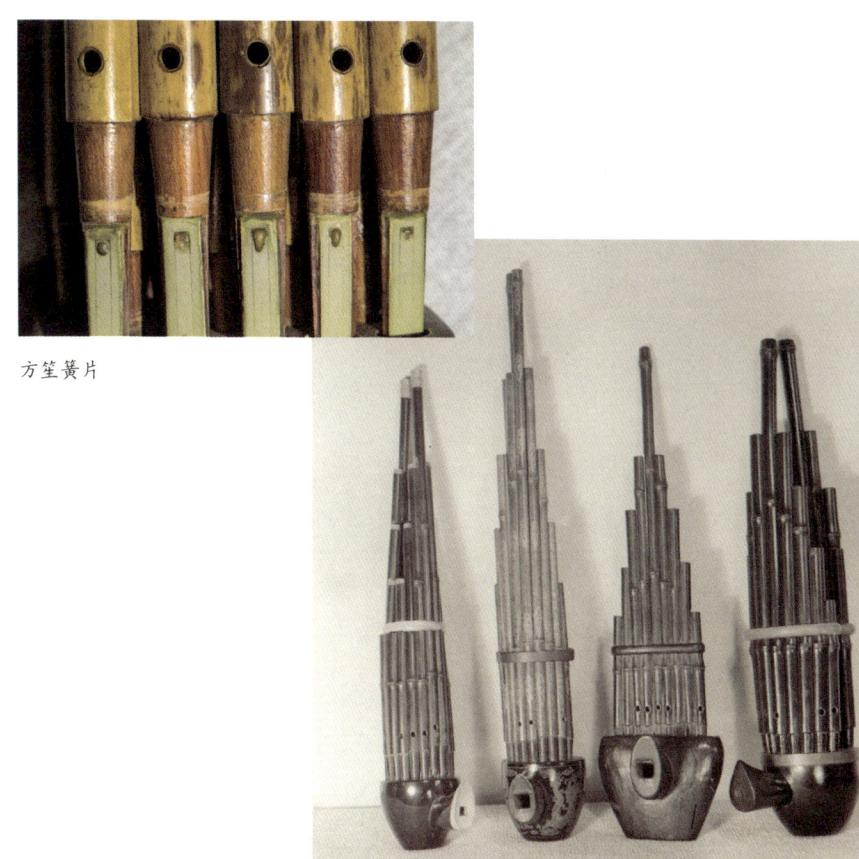

方笙簧片

拍摄于20世纪30年代的圆笙与排笙

一种形态跳到了另一种形态。一个新品种诞生了!

有人怀疑先秦《韩非子》"滥竽充数"是个寓言,上哪儿找这么多吹笙的人呀?即使音乐大普及的当代,把京城里所有会吹笙的人凑起来,也不见得够"三百"。然而,如果把目光转向西南芦笙文化圈乡寨节日乌压压的人群,怀疑便会释然。那何止

英国手风琴，
1835 年制造

俄罗斯手风琴，
1870—1880 年制造

巴尔干地区手风琴，
1890 年制造

三百，所有男性，人人会吹。不会吹笙，便不能参加节日，不能参加节日，便找不到媳妇。若想"充数"，丢失的不仅是饭碗，还有媳妇。所以，一眼望过去，挤挤挨挨、密密麻麻、形形色色、大大小小，一起响起来的"丛林"，何止三百？高达数米、权倾乡寨的芦笙王，已经成为图腾标志和权力象征。

笙竽一边在皇廷乐府怒放，一边在穷乡僻壤繁衍。进入宫廷的笙竽，飞"簧"腾达，依仗皇权，凤鸣乐府，一路走进当代。可怜的口弦，弱弱地止步乡间，用嗡嗡振翅，诉说着黯淡生涯。口簧音乐，不显于世，不等于说它在音乐史上毫无意义。然而必须正视这个事实，因为弱小，不可能大面积传播。"人类的感官被调教成只感受那些能发出巨大响声的生物，我们认为那些才是更重要的，所以忽略了针叶的飘落和苔藓地衣的呢喃。"[2]

【二】从口簧到风琴

手风琴从什么时候大面积进入中国从而在一个历史时期成为

法国手风琴早期形制，1850—1855 年制造，
制造者 Alexandre-Pere-Fils（美国大都会博物馆）

大众音乐的载体，这个问题的答案是现成的。它的历史比我们想象的要短得多。我们关心的是，到底是不是中国的笙撬动了这件乐器的发明？文献记载，1777 年，意大利传教士阿莫依特神父将笙传入欧洲，随即出现了手风琴雏形。德国人德里克·布斯曼于 1821 年在口吹奥拉琴的基础上，增加手控风箱和键钮，手风琴出现了。奥地利人西里勒斯·德米安再次改良，定名为 Accordion。与中国找到共鸣箱的方法不同，他们没有沿着农业文明的方向继续前行，而是找到了另一个更大共鸣箱和另一种制动源。

中国人的确喜欢念叨笙竽派生出手风琴、风琴的说法，这个原来视为铁板钉钉的结论到底是史实还是捕风捉影现在看来难以确定，西方学术界有着另一套说法。[3] 我们之所以愿意相信这类说法，很大程度上源于面对发达的西方乐器覆盖中国的现象多少保持一点心理安慰的凭靠，或者面对西方乐器促使中国乐器改革的一边倒趋势终于找到了一件中国乐器影响西方的平衡感。当然，有一点可以相信，即两者的自由簧振动与依附于共鸣箱的原理完全一致。

"中国传播论"遭遇的挑战是，世界上有许多地方流行口簧，既然世界各地都出现过口簧，那么人家的口簧直接发展到手风琴、风琴也于理相通。用韩愈的诗比喻："殊本连理之柯，同荣异垄之禾。"既然我们不愿意相信许多中国物品是从西方传来的这个西方中心论，那么也要尊重一件物品并非中国外传的一元论。世界视野下的判定，可两说并存。既不拂逆前代人的看法，同时也要理解人家置换了标准的另一类叙述。分判二途，免得落下"中国打个喷嚏，世界都在感冒"的嘲讽。定于一尊的本质主义传播论（要么相信从笙竽到风琴的传播，要么相信各自产生的平行论），都要不得。不管笙竽与风琴类乐器是传播还是各行其道，有一点是相通的，即为

风琴（德国柏林乐器博物馆，张月供图）

弱小的簧片找到一个更大的共鸣箱。

说起风箱，想到小时候烧饭用的手拉风箱。个头还没锅台高的时候，我就拉过风箱。当初不知道这个能很快把饭煮熟的风箱与后来迷恋的手风琴竟然有着亲密关系。有点遗憾，中国人

风琴（俄罗斯圣彼得堡音乐博物馆）

没有把风箱变为乐器动力源而只停留在烧火做饭的范围。

其实，更值得关注的是，异邦乐器转型借助的科技力量。中国的革新，口簧变笙簧；西方的革命，口簧变风琴。两种对比，才是让人惊出一身汗的地方。如果说当初人们还不能像后来一样领略驱动簧片振动的动力源意义，到了依附工业革命而摇身一变成为庞然大物后，才知道风箱产生的效应。

需要思考的是驱动源撬动的剧变。原理不变，性状大异。这不能不让人想到用了一千年的火药没有变成炸药，燃了两千年的蜡烛没有变成灯泡，用了三千年的罗盘没有变成 GPS。三个例子，对应的是化学、物理学、天文学。"非一事而显，盖有渐以致于显"。那是农耕文明与工业文明的分水岭，也是古代技术与现代科学的分水岭，更是中国文化与西方文化的分水岭。

三代呈递，差不多也是许多乐器转型的缩影。如同海螺到号角之间的转变不过是共鸣体变化而无实质变化，而号角到铜管乐

响堂

217

的转变则是机械臂的介入所产生的质变一样；也如同里拉到箜篌的转变不过是共鸣箱加大和弦数增多而无实质变化，而变音踏板的介入则使竖琴产生了质变一样。机械装置彻底改变了性质，也使代际关系产生了泾渭分明的界限。一件乐器，三代传递，沿袭与不相因袭的节点，就在机械臂的介入。

中国乐器史上那种装神弄鬼、丈量皇帝手指以为黄钟尺度的伪科学以及死死抓住"吹笙鼓簧"诗文意象而不思进取的原地踏步，诞生不了让驱动源变为动力学的乐器学理论。机械介入，一改旧颜，性情大变；令乐器改变的不再是技术革新，而是科学革命。口簧变笙竽，是技术革新；簧片变风琴，是科学革命。簧片振动不变，鼓动原理不变，风琴类乐器却以前所未闻的向度，衍生出不复辨认的品种。

【三】一种原理　两种代际

乐器本无高下之分。一家老少，三代同堂，互不干扰，在各自的空间承领使命。如果把口簧比喻为初民的弱小，笙管则意味着农业文明的和谐，风琴又意味着工业帝国的强大。三种乐器，代表三种文明。

英国牛津人类学博物馆体质人类学展区有许多标本盘。百种蝴蝶拼于一框，"百鸟群集，庭树为满"。从小到大，从下到上，千支百脉，一目了然。每个标本盘都是一科一目费千里之功的缩影，可鉴生物从简单到复杂的生命史。这启发我们从这一角度观察乐器史。

精简样本可把簧振动乐器分为三个剪影。口簧传笙竽，脉络

英国牛津人类学博物馆蝴蝶标本盘

清晰；笙竽传风琴，则累岁太深，地域遥远，难辨子母。纠其端绪而缕之，口簧笙竽，莫非口吹；风琴巴扬，皆为指弹。口簧领其要，风琴获其荣；手风琴享其绪，风琴任其新。口簧是第一代，笙竽获隔代之益，风琴获隔地之益，手风琴获隔代、隔地之益。

不挑明手风琴与口簧、笙竽之间的区别，就无从认识口簧到笙竽之间的同质异形；不认识铜管乐与海螺与号角的区别，就无从认识海螺与号角之间的递进关系；不认识竖琴与里拉、箜篌的区别，也就无从认识里拉、箜篌之间的同质繁衍。"沿波讨源，虽幽必显"。从口弦到笙竽再到手风琴，从海螺到号角再到铜管乐，从里拉到箜篌再到竖琴，越变越繁，越繁越丽。前两者之间的代际关系，同质异形，因韵呼韵，因模就范。前两代与后一代之间，则同源异形，借力打力，见招拆招。

响堂

"操千曲而后晓声，观千剑而后识器。故圆照之象，务先博观。"[4] 没有"博观"，就仅仅知道笙竽是口簧的儿子而不知道风琴或许是口簧的孙子这种生物链的 DNA。乐器学不再是就事论事的学科，而是让一科一目、攀上亲缘、拼成族谱的跨界学科，个案研究已经进入到不同时空如何产生变异以及产生何种变异的世界史叙述阶段。新型乐器学不仅要叙述单体发展史，更要连接整个家族。不明此点，即便告诉你手风琴是口弦和笙竽的后代，也不一定认识儿孙与父亲和祖父之间相互沿袭与不相因袭的工艺学系统。这样的世界视野才能回应我们对乐器世界与现实秩序的关怀。

注释：

1. 衡水市景县杨庄拜访制笙世家第五代传人王俊伟，他说，簧片以响铜为原材料，常取材于损坏的锣镲。所用响铜的成分就是铅、锡、锌，以前的响铜成分还含有银，像银元，吹口气放在耳边能听到嗡嗡声。传统簧片因含银成分，音响余音袅袅。如今银的价格上涨，簧片成分用锡代替。
2. [美]戴维·乔治·哈斯凯尔：《树木之歌》，朱诗逸译，林强、孙才真审校，北京：商务印书馆，2020年，第62页。
3. 公元前3世纪，居住于亚力山大的希腊工程师克忒西比乌斯（Ktesibios）建造水力风琴（Hydraulis）。公元4世纪，风箱取代水力机构。13世纪后，大管风琴在欧洲教堂广泛应用。早期管风琴属气鸣乐器，键盘为后期加入。参见《牛津简明音乐词典》"管风琴"条，北京：人民音乐出版社，1991年，第705页。
4. 〔梁〕刘勰著，周振甫注释：《文心雕龙注释》，北京：人民文学出版社，1983年，第518页。

俄罗斯莫斯科克里姆林宫外喷水池

喷泉喷出了文化

【一】水景与水境

喷泉是20世纪80年代改革开放后才出现于中国城市的景观，依稀记得这个话题也曾是街谈巷议的热点。喷泉对音乐家的吸引不单是水，还有声。我们看到与自然流淌的水不一样的掺进了声音的水。音乐声中，水不再无控制、无节奏、无边无际、散漫无律，而是随着连音、断音、抖音、强音、弱音，成为直线、曲线、弧线、抛物线，呈现为水柱、水枪、水帘、水墙、水雾、水云。旋律起伏和节奏快慢，成为水袖长舞的内置。贝多芬《欢乐颂》让喷泉水花四溅，豪情万丈；施特劳斯《圆舞曲》让水帘步入节拍，如颠如颠；柴科夫斯基《花的圆舞曲》让柔情似水，花"响"四溢；《拉德斯基进行曲》让水柱飞流直下，一泄如注。总之，水呈现出个什么样子，全是音乐说了算！

北京新天地广场喷水池灯光

山东青州喷泉声光水三位一体（黄天来摄影）

意大利罗马"幸福喷泉"雕塑群

  经过裁剪,相得益彰。两种无形,聚集一池。到底是水倒进了声音,还是声音倒进了水池?分不清了!水托声,声托水,水涌声,声涌水,水流滚滚,声浪滔滔。

  科技不断赋予喷泉以新的元素。后来,喷水、音乐、灯光,三管齐下。水帘涨潮落潮,声音此起彼伏,灯光五彩缤纷。如清人王韬《淞隐漫录·海外壮游》所说:"更佐以乐音灯影,光怪陆离,不可逼视。抚掌称奇,叹为观止。"这样的水世界,谁看了会不喜欢?

  南昌赣江边,空旷明亮,建了一片超大喷泉。观众分列两岸,关注水的起点与落点以及不同角度的喷点。水柱从音乐中慢慢爬起,像美国拉斯维加斯百乐宫喷泉,小蛮腰曲曲折折挺起来,初看弱不禁风,婀娜多姿,续而一飞冲天。待到这最后冲天一喷,孩子欢呼雀跃，大人喜不自胜。北京奥运公园延伸几十米长的喷泉，如同一道水帘，百泉奔腾，"奋鳞举翼，状欲飞动"。[1] 瑞士苏黎世湖几十米高的水柱，很快被中国人搬入杭州西湖。盛山名水，始得其名。

【二】水境的景深

欧洲喷泉，最著名的是罗马"幸福喷泉"（特雷维喷泉[Fontana di Trevi]）。它由建筑师沙尔威(Nicolo Salvi)于1762年花了三十年完成。之所以被誉为巴洛克艺术的杰作，是因为水池与背后屹立的一组艺冠人伦的大理石群雕。海神尼普顿(Neptune，希腊神

俄罗斯圣彼得堡夏宫上花园喷水池海神持三叉戟

话称波塞冬[Posidon]),肌肉健硕,状貌威猛;两翼女神,丰满匀称;池中骏马,鬃毛驭风,昂头欲奔。整组雕塑分为三层,流泉喷涌,一池壮美。希腊、罗马雕塑崇尚力与美,凝固的雄健与流泻的动感,相伴而生。这池美景被渴望拥有美好未来的情人们称为"许愿池",且因电影《罗马假日》的爱情故事闻名于世界,引得有情人抛撒了一池硬币,对得上那首中国老歌《幸福的源泉》。

为什么喷泉中立着海神、水神?这源自希腊神话。伊那科斯宫缺水,派阿美莫纳寻找水源。她在森林中找了一天未果,在树下入睡;忽然被踩了一下,睁眼一看,是只野鹿。她弯弓搭箭,却射中了灌木中的森林之神萨堤罗斯;恼怒的萨堤罗斯追赶阿美莫纳。阿美莫纳逃到海边,向海神尼普顿求救;海神用三叉戟掷向萨堤罗斯,三叉戟穿过他的胸口,插进岸边岩石。高大威武的尼普顿看着吓坏的姑娘问道:"你在找什么?"阿美莫纳道:"谢谢您救我。我在寻找水源。"尼普顿笑道:"把插进岩石的三叉戟拔出来就是水源。"姑娘照做,三眼泉水喷涌而出,流向阿美莫纳的国土。

神话造像是相互开启的引擎,让我们得知喷水池何以总站着手拿三叉戟的健壮海神,泉水为何也总是从他身边源源涌出。

圣彼得堡夏宫是世界上聚集了最多喷泉的地方。"下花园"巧借地势,铺散斜坡。上下数层,分布着140座喷泉雕塑,其中37座金色雕像,29座浅浮雕,150座小雕像,64个喷泉。不但"一景之中,万象汇聚",而且"一景之费,直至万金"。中央半圆形"隆姆松喷泉",立着大力神参孙和狮子搏斗的雕像。水花喷涌,水漫金身。待全部喷泉在万众欢呼声中随音乐一起喷出,真如万

俄罗斯圣彼得堡夏宫下花园喷水池全景

法国巴黎协和广场喷水池

俄罗斯莫斯科全俄经济展览馆大喷水池全景

澳大利亚悉尼海德公园中"阿奇博尔德喷泉"（Archibald Fountain）

花纷谢，金银漫天。恰如魏尔伦《高雅的宴会·月光》中的诗句："激起那纤瘦的喷泉狂喜悲泣，在大理石雕像之间腾向半空。"水雾如雨如烟，让临场者感受麻酥酥的迷蒙。

"上花园"的中央水池，塑立着金色海神，背后的金色圆顶映衬着蓝天。整个夏宫，大大小小，形态各异，满坡喷泉，好像主人意欲把海洋文明搬进庭院。叶卡捷琳娜女皇继承彼得大帝的精神，把宫殿建在波罗的海沿岸。天天听着哗啦啦的水声，自然把目光放眼海外。

莫斯科全俄经济展览中心，沿大道建了一组喷泉。第一座由一圈高大的金色女神构成。脊背相向，揎袖露臂，阳光下灿烂夺目。四周鱼雕，巨口吐水，向心而立，隔池相望。最后的大喷泉，更是令人叹绝：底座镶嵌着五颜六色的珠宝状透明物，在喷洒水帘与阳光折射下，积翠堆金，幻中出幻，简直是一座亮堂堂的水的博览会。俄罗斯文化之大气高贵，充分体现于"飞鸟翕翼，泉鱼奋跃"[2]的喷泉之中。

法国巴黎凡尔赛宫后花园，视野辽阔。高大树木，修整得一般齐，挺列两边。圆形水池，矗立着太阳神阿波罗与八匹骏马的青铜雕塑。巴黎协和广场中的喷泉池，绿色神像和金色天使，成为观光旅途中最醒目的景色之一。

澳大利亚悉尼海德公园(Hyde Park)街心花园的"阿奇博尔德喷泉"（Archibald Fountain），四角塑立四位神像；女神搭弓，体格健硕，中间柱体顶端的阿波罗神，手持里拉琴；伴随水声，里拉的琴弦，该是何等明丽。

【三】中国未曾缺席

喷泉译自西方，中国有自己的叫法——"汤"。唐代天宝六载（747年），华清宫治"汤"，井池台观，环列山谷。构亭其上，引水灌入。"但穷壮丽，不限财力"。[3]《明皇杂录》载：

> 明皇幸华清宫，新广汤，制作宏丽。安禄山于范阳，以白玉石为鱼、龙、凫、雁，仍以石梁及莲花同献，雕镌巧妙，殆非人工。上大悦，命陈于汤中，仍以石梁横亘汤上，而莲花绕出于水际。上至其所，解衣欲入，而鱼、龙、凫、雁皆若奋鳞举翼，状欲飞动。上恐，遂命撤去，而莲花至今犹存。又尝以

圆明园大水法拟构图

宫中置长汤数十间,屋皆周回……

《津阳门诗注》载:

宫内除供奉两汤外,内更有汤,十六所长汤,每赐诸嫔御,其修广与诸汤不侔,瓷以文瑶密石,中央有玉莲花捧汤,喷以成池。[4]

如果说欧洲喷泉屹立着希腊神话中的海神的话,中国的汤自然屹立着龙。虽然中西差异,形势可分,但雕塑立于水中的点子,如出一辙。这个点子让中西帝王们高兴了好一阵子,乃至到了唐明皇"解衣欲入"的境地——这话绝非我的原创,而是《明皇杂录》教我的。

圆明园"大水法"大家熟悉,以十二属相做"飞流直下"的喷口。古代喷泉,浓缩山水。皇帝们太好玩了,关注于此的目光胜过关注国情,结果唐明皇被安禄山误国,圆明园成了"丘墟陇亩"。

【四】声与声不一样

作曲家雷斯庇基写了《罗马的喷泉》,驰名天下。初衷就是为了让音乐与喷泉搭在一起。园艺家实现了他的愿望。李斯特《旅行》(也译《朝圣》)组曲第四曲《埃斯特庄园的喷泉》,用奇谲的和声,呈现罗马庄园的喷泉。作曲家引用《约翰福音》说:"我所赐的水要在他里头成为源泉,直涌到永生。"还有首竖琴独奏

俄罗斯圣彼得堡夏宫右道花园喷水池之一景

曲叫《喷泉》，你能想象那种琶音滚动与喷泉行状的契合度吧？

如果没有希腊神话，喷泉不会成为一项衍生出意义的园艺。反回来看，若没有雕塑参与，没有声光加盟，规模效果，成色顿减。园艺师的开发，不仅在于把水柱浓缩于一个视点上，而且在于集美术、音乐、科技于一体，将池景呈现为历史记忆。雨果《九三年》写道，"喷水池的碑铭'喷出多少有用的东西。'"[5] 所谓"有用的东西"才是底色！"欲流之远者，必浚起泉源"。喷泉清凉悦目，流淌着历史；喷泉以扬激波，喷出了文化。一位年轻母亲，正在泉边给孩子讲解雕塑，这难道不是海洋文明的"灌输"？喷泉参与了神话建构，也参与了秩序建构，看不到这点，就把水仅仅当水了。只有在这个喷点上，喷泉才被擦亮。

原载《民艺》2020年第4期

注释：

1. 〔宋〕李昉编：《太平广记》卷二二七《伎巧三·绝艺附》，北京：人民文学出版社，1959年，第1741页。
2. 〔汉〕王褒：《四子讲德论》，〔梁〕萧统编，〔唐〕李善注：《文选》（六），李培南、李学颖、高延年、钦本立、黄宇齐、龚炳孙标点整理，龚炳孙通读。上海：上海古籍出版社，1986年。
3. 〔宋〕司马光等：《资治通鉴》（十五），北京：中华书局，1956年，第6902页。
4. 〔宋〕司马光等：《资治通鉴》（十五），第6933页。
5. ［法］雨果：《九三年》，郑永慧译，北京：人民文学出版社，1978年，第119页。

法国巴黎凡尔赛宫室外雕塑

宫殿：退出皇室，走进艺术

　　皇宫变博物馆，世界通例。中国故宫，俄罗斯冬宫（俄罗斯国家博物馆艾尔米塔什），法国卢浮宫、凡尔赛宫，英国温莎宫，莫不如此。皇宫城阙雄峻，楼宇连亘，本身就是最具壁垒气象的艺术结晶。加上壁画雕塑，充溢四堵，珍宝奇玩，积如丘山，与博物馆连体，门当户对。比之17世纪欧洲教堂存放艺术品专室向博物馆过度的缓慢来讲，20世纪"紫垩"禁城陡然变身为公共空间，更具便利条件和社会意义。[1] 僵死的巨无霸"利维坦"陡然变身为生机勃勃的"缪斯"，艺术比之帝王更能长久地支撑王者霸气。王朝代谢，皇庭永驻。

【一】冻结的奢侈

路易十四与康熙大致同时，在位时间长达七十二年（1661年亲政，执政至1715年），积累财富同样登峰造极。"朕即国家"，即其名言。他对外扩张版图，对内扫平豪强，迁天下富豪三千户于凡尔赛。于是，凡尔赛很快就成销金窟，与万丈红尘的巴黎相比，迅速缩短距离。"一年成邑，二年成都，三年而五倍其初"。[2] 辉煌一直持续到1793年法国大革命时路易十六从这里走向断头台。然而作为皇庭，凡尔赛宫没有被毁，这是法国"造反派"的见识。

大院正中，路易十四冠冕戎装、骑马远眺的青铜雕像霸气十足。马头突出的眼睛，亮鼓鼓的，像铸成铜像前的模样。打眼望过去，满院子雕塑。窗楣、壁带、悬楣、栏槛、屋顶，处处皆是。你想到的地方和想不到的地方，大小衔接，高低错落，一点空隙不放过，必欲打造欧洲宫廷的最高范式。

迈进大厅，被巨大的壁画照亮，那一瞬间不由得屏住呼吸。壁立整墙，连及天幕，第一次面对这种景象，所有人都会产生强烈的震撼感。雅克·路易·达维特奉拿破仑之命而作《拿破仑一世及皇后加冕典礼》（与卢浮宫各一幅），人物众多，服饰华丽，看到的一刹那，眼前被一片光华覆盖，只剩下一个感觉：美术比之历史现场更光芒四射。走进下一展厅，四壁油画，又如潮水涌来，心率再次加快。那简直不是"美的盛宴"而是"美的风暴"。

响堂

我们的艺术接受史，以平民文化和大众口味为主。中心人物是老百姓，憨厚的农民、质朴的工人、英俊的战士和满脸红扑扑的姑娘，画面的主角都是皇亲国戚的对立面。与横亘着巨大鸿沟的画面相遇的一刻，我们想到了重新定位自己艺术立场乃至生命取向的问题。山水画令我们陶醉，油画令我们沉醉。到底哪个更吸引人？不能单纯从审美层面回答这个问题。两种画之于当代人不分伯仲，但对于20世纪50年代出生的人来说，油画更具吸引力，因为没见过。巨大的落差使我们一面倒地倾向后者，这当然是单面向教育塑造的。所以当异质文化以巨幅样态冲击视觉，难免眩晕。凡尔赛宫"镜厅"，四面悬镜，左右透视，亦真亦幻。一路看来，亢奋和兴致伴随着喜悦和惊讶，满腹膨胀。

凡尔赛宫建筑上的雕塑

法国凡尔赛宫大门口路易十四铜像

【二】奢华之风

茜茜公主的"美泉宫"扬名中国的原因与其说是爱情故事，不如说是电影男女主角的英俊与美丽。黄色建筑的背后是超大庭院，背景是座小山。如同故宫的屏障是景山一样，能够镇住整片建筑群以作收尾的非要一座山才行。依山傀岭，地分而形一。

若非《茜茜公主》所示，根本无法想象盛典的规模与细节。奥地利皇帝邀请达官贵人和上层名流，参加声势浩大的舞会。日落时分，客人盛装而至。"一夜燃油万盆，光照宫中"。[3] 敞篷支在露天，长桌摆满餐具，闪亮瓷器在阳光下晃眼。成桶红酒倒进高脚杯，啤酒鼓起气泡，浓浓香气弥漫草坪。一群侍者，举盘端着点心，优雅地穿梭于装饰华丽的贵妇之间。粉黛云从，酒酸雾霭，衣香鬓影，觥筹交错。男人们饱满的脸，被酒浆催发得通红，鼻尖渗出汗珠。

想象远不及真实豪华，从宽大的金色大氅，到斜挎佩饰的礼服，从纽扣繁复，到族徽精致，根本没见过，哪里想得到？无数次观影，完成了我们对贵族生活的想象。"九天阊阖开宫殿，万国衣冠拜冕旒"（王维《和贾舍人早朝大明宫之作》）。不知道是该钦佩贵族生活享受之异想天开，还是该赞叹电影艺术再现历史之生动真实。总之，屹立不倒的贵族派头，成为强劲之风，影响世界时尚。

凡尔赛宫雕塑一角

凡尔赛宫顶画

【三】宫廷配乐

上述场景，总有一支乐队，远远地演奏施特劳斯圆舞曲。为了让贵族多瞧上一眼，乐师们不停地变换曲目与力度。古典音乐盛于皇室，室内乐、四重奏，旋律轻盈，节拍分明，绝不会令舞伴找不到拍子。布拉格有个悬挂巨大吊灯、可容纳上百人翩翩起舞的大殿，完全有理由相信，室内乐就是出自这类地方。皇庭塑造音乐品位，音乐也塑造皇庭品位。

菲律宾学者马塞塔于1997年在东方音乐学会年会上宣读的论文《爪哇、日本和中国宫廷音乐的结构》，通过对爪哇、日惹和中国唐代三首宫廷音乐结构的对比分析，认为东亚、东南亚宫廷音乐的方整结构，与宫廷建筑存有某种对应和内在联系。

凡尔赛宫室内凯旋柱

风靡盛唐的大型乐舞,在容得下数十件乐器和庞大舞队的"昭阳宫"搬演。唐代诗歌的领军人物白居易坐在台下,聆听给艺术史带来巨大影响、也给宫廷巨大声誉的新作。舒缓的、急速的,半宫廷、半神仙的旋律,漂浮身边,陶醉得让白居易舍不得结束,舍不得离席,乃至需要沉寂近十年("一落人间八九年,耳冷不曾闻此曲"),才迟迟写出《霓裳羽衣舞》。一章既出,千古赞誉,音乐家尤其珍惜这份记录。没有其他传媒的时代,这是唯一提供后人想象的底本。余光中《寻李白》说:"绣口一吐,就是半个盛唐。"不然,谁能想象大殿里的乐舞绚丽到什么程度?

【四】汉殿秦宫

"万园之园"的圆明园和颐和园,让人知道了祖先有多了不起。考古学证明,唐代"大明宫"相当于四个故宫、三个凡尔赛宫、十三个克里姆林宫、五百个足球场、圆明园加颐和园的1.2倍。"盛修宫殿,穷极壮丽,所好不常,数毁又复,百工土木,无时休息,夜则然火照作,寒则以汤为泥"。[4] 考古学家在西安郊区还发现了分属几个时期的宫殿遗迹,最久的殿基比大明宫还早一千年。滥用民力,暗应工匠咒语,加速了王朝倒台。

炫富是获得话语权和影响力的资源。[5] 皇宫与典礼,参与了国家声誉的建构。不但古代中国,欧洲的英国、德国、奥地利、意大利王室,也相互攀比,盛况空前。皇室行为的内核——社会地位与身份排名,目的是获得利益的最大化。如今,文化遗产已经成为一项国际竞争力的指标,如果把哈贝马斯的理论引申一下,也可以说,皇宫壮丽相当程度上意味着世界公共领域的排名级序。外国人到北京,我们还不是追着赶着让人家去故宫。

凡尔赛花园

英国温莎城堡外景

英国温莎城堡内院主宫

　　普通百姓为什么喜欢走进"汉殿秦宫"（辛弃疾语）？卢浮宫和紫禁城，既是大众文化的对立面，也是大众生活的追求目标。悖论是人性的两面。遥望神京，窥探皇庭，自然意识到，原来每一个人都该像帝王一样活得体面讲究。创造文化遗产的是老百姓，为什么不能享受遗产而流于生活的粗鄙？如此品位为什么不能排进自己的消费？怀着这样的目的，皇庭就应该成为皇室降低身价与百姓抬高身份的连接点。国外俗谚说："皇宫里的人所想的，不同于茅屋里的所想的。"现在不同了。观赏皇庭，带来的不止愉悦，还有品位追求。漂亮服饰、馥郁香水、地毯吊灯、锦绣帷幔、高脚杯与巧克力，这些几十年前普通人想都不敢想的奢侈品，不再是电影里的吸粉因子，已经变成了普通日用品。这种追求似乎浅薄，然而我们的日子就是这样过来的。

世界变了，身份变了，走进朱门的百姓对皇宫的评判自然也变了。皇庭变公室，私藏变公器。过去，"金门玉户神仙府，桂殿兰宫妃子家"，"不过是拿着皇帝的银子往皇帝身上使罢了"（《红楼梦》），如今，都施到了咱百姓身上，态度能不变吗？

老百姓对于过去进不去的地方充满好奇，一欲探个究竟，想看看皇帝老子的日子到底过得啥样。龙体躺在什么龙床上？屁股坐在什么龙椅上？龙脉是不是横平竖直？九龙壁多宽多长？吃完饭溜达的后花园是不是曲径通幽？听戏的院子敞亮到什么程度？娘娘被打入的冷宫是不是阴森可怖？现如今，一边笑骂皇帝老儿，一边赞叹能

英国肯辛顿宫肖像画

英国肯辛顿宫一角

响堂

北京颐和园

工巧匠。看完了,吐一口气,不免击掌,咱老百姓今天过的日子,"真亦不减王侯矣"!

原载《金融博览》2021年第6期

注释:

1. 李军:《可视的艺术史——从教堂到博物馆》,北京:北京大学出版社,2016年。
2. 〔晋〕干宝:《晋纪总论》,〔梁〕萧统编,〔唐〕李善注:《文选》(五),李培南、李学颖、高延年、钦本立、黄宇齐、龚炳孙标点整理,龚炳孙通读。上海:上海古籍出版社,1986年,第2183页。
3. 〔宋〕司马光等:《资治通鉴》(十二),北京:中华书局,1956年,第5339页。
4. 〔宋〕司马光等:《资治通鉴》(十二),第5339页。
5. 〔德〕哈贝马斯:《公共领域的结构转型》,上海:学林出版社,1999年,第7、48页。
6. 〔明〕张岱:《祭秦一生文》,《张岱诗文集》,夏咸淳辑校,上海:上海古籍出版社,2014年,第436页。

20世纪中期京剧伴奏（来自京胡网）

三种伴奏形式与三种表述模式

在戏曲乐队呆了六年，还真没把伴奏这档子事儿往深里想。"跟腔包调""托腔保调"，天天讲，好像无甚大道理。戏曲曲艺，莫不如此。大学期间为管弦、声乐弹钢琴伴奏，接触了一批协奏曲、奏鸣曲及艺术歌曲、歌剧选段，这让我深感钢琴伴奏与戏曲伴奏的差异。西方伴奏独立性强，许多部分简直就是独奏曲。第一次为圣-桑的小提琴曲《引子与回旋随想曲》弹伴奏，老师对我大声嚷嚷："这段钢琴是独立的，你自己弹，不用顾小提琴。"一下子回过神来，原来我不是伴奏，是主角。真正把中西伴奏当作一个问题思考，是在从事民族音乐学的田野调查之后。河北省保定市涞水县南高洛音乐会有种念诵方式称"对口"。所谓"对口"，就是笙管乐与颂经（文坛）的两拨人"口对口"。其实，旋律一模一样。按西方说法，管子嗓子，同声同律，是大齐奏。但乐师认真地讲，笙管是"伴奏"。这让我意识到，乐师所说的"伴奏"，是指以"经文"为主、笙管为辅的主从关系，定位根本不在音乐上。中国伴奏与西方伴奏，传统伴奏与现代伴奏，各有定位。中国的托腔保调与西方的并驾齐驱，传统的主客分明与现代的互为主从，是两股道上跑的车。

世界音乐让我们遭遇到另一类"伴奏"——共鸣弦——嗡嗡作响，持续弥漫，浑然一体，妙不可言的声境。比之中国烘托则不恰，喻之西方多声又不宜。既全面覆盖，又不求独立；既吞没主弦，又突出旋律。这是否可以称为"伴奏"或者根本不是我们定义的"伴奏"？三厢比较，中国伴奏之辅助性，不言自明；西方伴奏之独立性，不喻而立；共鸣弦介于两者之间，亦不立而成。"发现他者才能看清自己"。三个触点，让我们获得了一个更大也更有理趣的话题。

江苏省淮阴市京剧团乐队

【一】戏曲伴奏

1971年，我进入山东省吕剧团乐队，演奏小提琴。1949年前，剧种伴奏，只有一把坠琴。20世纪50年代"戏改"，成功上演了影响全国的《李二嫂改嫁》，使吕剧一跃成为全省第一剧种。鸟枪换炮，伴奏又加进二胡、琵琶、扬琴，成为"四大件"。配置来自梅兰芳的京剧改革模式。更大改观，始自移植"样板戏"。各地剧种无不搬用钦定模式。乐队标配，弦乐器：第一小提琴四把，第二小提琴三把，中提琴两把，大提琴一把，贝斯一把。木管：长笛一支，单簧管一支，双簧管一支，巴松一支。铜管：圆号两支，小号一支，长号一支。

乐队是皮，配器是瓢。交响之门开，主弦之声塞。若非政治挂帅，难免不发生"是以音乐为主还是以观众听戏为主"持续不休的论战，自然也会引发一小群"落伍"艺人与新型乐手之间的对垒。具体说，演奏坠琴的年轻主弦（孙建华），适应新体制，幕间曲、前奏与较长间奏，停下来，听乐队造势。唱腔开始，与演员同步进入，或者说为"找不到调"的演员提供扶手。年纪较大的主弦（李渔），难以适应。乐队一起，找不到入口。主弦跑调，演员找不到北，乱成一锅粥。亏了指挥，连比画带敲打谱台，老人家连滚带爬才找到入口。这类情况，时常发生，惹得乐手直撇嘴。从此，配器再不敢把坠琴写得太独立。它进入时，乐队拖长音或干脆停下来，免得麻烦。

更难适应的是演员。老式伴奏成长起来的演员，哪里驾驭得了大乐队。乐队一响，根本找不到调。迎面相撞，人仰马翻。原来是演员想什么时候开腔就什么时候开腔，想拖多久就拖多久，

江西乐平古戏台

节奏是根"猴皮筋",由着性子来,主弦跟着就行。这与杨荫浏回忆天韵社吴畹卿教授昆曲伴奏的方式一样。[1]

现在,天翻了。不是乐队听演员,而是演员听乐队。乐队让你进,你才能进;乐队不让你进,你就不能进。记得一位老演员,记不住复杂过门,乐队全奏,犹豫不决,入不了戏。乐队哄场,他急得脸红脖子粗,怒目开骂。指挥耐着性子,哄大家一而再而三地练习。残酷现实逼着老戏骨习惯新方式。不光样板戏令演员不敢说三道四,一大叠工工整整的总谱更让不识谱的演员心生敬畏。面对政治、权威、现代、科学的高压,谁敢反抗?面对一大堆常常叫错名的西洋乐器,敢怒不敢言,惶悚难辨,让人分裂!

新型配器，一言以蔽之，就是尽量不与唱腔相同。一班人马步调一致，既烘托主旋律，又不尽一致。管弦乐使地方戏音乐获得音效。唱词有风吹草动，长笛走句；剧情有行军打斗，小提琴快弓；一号人物深思远虑，大提琴独白；他（她）心潮起伏，竖琴滚滚而来；他（她）豁然开朗，乐队全奏。凡此种种，皆有法可依。从样板库存中抽取、对号，是图解音乐的极端。不能否定现代京剧的乐队写法，这是熟悉传统的作曲家把京剧与现代管弦乐结合从而获得奇效的新路子。并非没有漂亮音响，并非没有丰满配器，《智取威虎山》杨子荣唱段《打虎上山》前奏，《红灯记》李玉和主要唱段《雄心壮志冲云天》伴奏，《龙江颂》江水英唱腔《细读了全会公报》，《杜鹃山》柯湘唱段《家住安源》《乱云飞》的配器等，效果非凡。渲染气氛，铺陈意境，已可独立成篇。如果不是编排于特定剧情，如果可以删除不合时宜的唱词，均可列入经典。我们不会退化到脸谱时代，学术评判也不再囿于涂脂抹粉或胡乱抹黑。不能不说，那些唱段让音乐家十分振奋。

必须说明，一般人从收音机听到的唱腔，是经过处理的。唱词清晰，主次分明。乐队只在过门间奏时放开音量。实际情况，远非如此。我在北京人民剧场看过北京京剧院演出的《红灯记》，主要演员浩亮（李玉和）、刘长瑜（铁梅）、高玉倩（李奶奶），都是一流好嗓子。但现场唱词，远没有听收音机清楚。我怀疑，若无基本背得过唱词的前提，头一回看，是否能听得清。应了民谚"弦裹音，听不真"。这是现代与传统的最大矛盾。乐队压唱词，案例到处可寻。

1952年,上级给定县秧歌团派来了作曲人员。帮助定县秧歌改进戏曲音乐,增设了乐器。但直至20世纪90年代,秧歌戏的演出进入高潮时,演员和观众双方还都要求抛掉乐器,直嗓大喊。这时,只见台上唱词,台下听词,尽情尽兴,如醉如痴。艺人说:"乐器治嗓子。"意思是跟着乐器正规演唱,限制了他们的即兴发挥。观众说:"乐器一响,听不见词。"意思是加了乐器,听不准艺人的真嗓清唱,这不合乎原来的口耳交流习惯。[2]

老百姓可不管什么音乐独立与不独立,听的是唱词,虽然现代戏并不在乎能否获得老百姓做粉丝。上述案例,有典型性。老

20世纪50年代甬剧乐队

各种弹拨乐器（中国艺术研究院）

百姓听戏文，并非要这里加一句长笛、那里进一段竖琴的"美容"音效。专业音乐家觉得好的，老百姓觉得花里胡哨；老百姓认可的，专业音乐家觉得单调。乡村草台上唱"姹紫嫣红"不如说"花红柳绿"更让乡民明白！再说，民间剧团也没有财力置办那么多乐器。如同《红楼梦》大观园的赵嬷嬷所说："谁家有那些银子买这个虚热闹去。"

此类矛盾的田野报告很多。广西来宾市兴宾区壮族师公戏伴奏，就是一把二胡，专业音乐家觉得单调，加入了大乐队，却发现观众根本不买账，于是又恢复单调。伴奏本是扶助的小我，突变大我，必遭唾弃。20世纪末，乡土模式正以极快速度全面颠覆音乐家自50年代以来努力了六十多年的戏改成果。乐队保持自主权，是戏改主要内容之一。尽管以演员为主的体制在现代戏中被有目的地抑制，但在乡村依然受喜欢。这个话题在样板戏退场、老戏恢复后，差不多又回到了原点。

【二】钢琴伴奏与歌剧伴奏

西方伴奏大致分两类，一部分与中国相似，称"主调音乐"，一部分与中国不同，称"复调音乐"。扼要叙述可能把复杂问题简单化或教条化，但我们只能扼要叙述。

"主调音乐"，旋律为主，伴奏烘托。古典音乐基本属此类。典型的如舒伯特《小夜曲》、埃尔加《爱的礼赞》、莫扎特歌剧《女人善变》。莫扎特《圆号奏鸣曲》的钢琴伴奏，基本是固定音型打拍子，强拍处垫和弦。引子间奏，偶尔突出一下，转折过渡，如同戏曲过门的"镶边""填空"。不喧宾夺主，中国人较习惯。

"复调音乐"不同，艺术歌曲的钢琴伴奏独立性很强。如舒伯特《鳟鱼》（后改为《"鳟鱼"A大调五重奏》），钢琴六连音与八度跳跃，塑造鳟鱼形象，与独唱旋律完全不同。声乐套曲《美丽的磨坊女》的伴奏与歌唱也多有不同，《死神与少女》钢琴在低音区敲打，描述死神形象，阴森可怖。和声框架下，声乐钢琴，各行其是，这是艺术歌曲的特点。

更典型的是歌剧。意大利作曲家普契尼的歌剧《艺术家的生涯》中咏叹调《冰凉的小手》《为艺术为爱情》，伴奏完全独立。习惯于"主调音乐"的声乐学生，一张口要准确唱出伴奏根本没有提示的音，非经训练，难以做到。我弹伴奏，最头痛的是演唱者十遍八遍也找不到入口，甚至找不到音高。只能死记暗藏内声部的音高，而且还要特别弹响一点。这让学生备尝辛苦，也让我懂得，歌剧艺术非经长期训练难以应付，找不到调的背后是中国

油画《弹西奥伯琴（Theorbo）的战士》

人难以适应但必须适应的依靠伴奏的习性。

第三种类型，介于两者之间。如法国作曲家儒勒·马斯奈歌

《一群装扮高雅演奏钢琴和乐器的人》，1740—1768 年意大利画家 Bartolomeo-Crivellari 作品（美国大都会博物馆）

剧《泰伊斯》主题《冥想曲》（也译为《沉思曲》）。少年时演奏过单独抽出来的小提琴独奏，也弹过钢琴伴奏。2018 年，第一次在国家大剧院看实况《泰伊斯》，了解到，原来主题贯穿整个后半场。一首歌既可以独奏呈现（第一遍为小提琴独奏，竖琴伴奏），又能作为不同于独唱声部的伴奏存在，还能相互交叉，分镳并辔，真是绝妙无比。这让我对早年熟悉的独奏衍生出的"副产品"刮目相看。马斯奈充分发挥了一支好旋律的势能，生发出多重意境。

瓦格纳时代，乐队进入乐池，音量尽量不掩演唱。主腔之外，留有巨大空间，充分表达器乐音效，这成为瓦格纳巨型乐剧不同于一般歌剧的突出看点。他笔下的乐队,时而伴奏,时而主奏,无终旋律,并行交替,很难再用主旋律和伴奏的概念划分了。有人说:"普契尼将乐队放在和人声平等的地位来对话、烘托。如果说瓦格纳将人声当作乐队,那么普契尼却把乐队当作人声。"[3]

在国家大剧院歌剧厅看过中央歌剧院演出瓦格纳歌剧《齐格弗里德》《特里斯坦与伊索尔德》《纽伦堡的名歌手》。深切感受到歌唱家的专业化水准,乐队全无提示的地方,脱口而出,毫无障碍。

伴奏差异,反映观念。独立精神是西方艺术形态的支撑,不为伴奏而伴奏。"恺撒的归恺撒,上帝的归上帝"。布鲁尔(Marilynn Brewer)提出的"最佳特性理论"认为,集体认同源于"个体的包容需要"和"个体的异化需要"两种相反动机的平衡机制。"个体的包容需要"即个体期望成为集体一员并获得同化的需求;"个体的异化需要"指个体渴望与他人不同的特殊需求。西方伴奏呈现的即为该理论所解释的两种并行不悖的需求。

新疆各民族乐器(中国艺术研究院)

印度低音维纳琴（Veena，日本浜松市乐器博物馆）

【三】没有任何乐器以这种方式垄聚焦点

初听印度音乐，为共鸣弦的奇特效果啧啧赞叹。指板一侧，安装一排烘托衬垫的辅弦。明弹一弦，阴持数韵，延音余韵，繁复多端，既烘托旋律，又不干扰旋律，浑厚丰满，轰然作响。这是南亚、阿拉伯地区音乐的突出特征。说和声不是和声，说非和声又是和声，完全不同于"主奏是主奏、伴奏是伴奏"的划分。

印度西塔尔琴（Sitar）的底部有两个巨大葫芦形共鸣箱，宽大琴颈上有二十多个可移动的环形金属音品。上层系六到七根旋律弦，四根主弦，三根共鸣弦，下层系十三根共鸣弦。低音维纳琴（Veena，或萨拉斯瓦蒂·维纳 Sarasvati Vina）系列是印度弦乐的庞大家族，有两只（有的三只）巨大葫芦形共鸣箱，震震而动，复层共鸣。更令人震撼的是，演奏组合中，在维纳琴侧后方，一定要配备一件坦布拉（Tambura），一种长颈弹拨乐器。两根弦或四根成双弦的坦布拉，通颈无品，不奏旋律，自始至终，拨弦共鸣。这种固定搭配，把高一声低一声、长一声短一声的呼应或嗡嗡作响的音效发挥到了极致。

蒂莫西·赖斯《保加利亚音乐》一书描绘了东欧的"加杜尔卡"：

> "加杜尔卡"为短颈梨形体，由一整块木头制成，宛如一把大汤勺。一块薄的木质音板黏合在中间碗状挖空的琴体上。用以演奏旋律的三根粗钢丝从颈头部的木质音栓穿过琴码直到系弦板。大约八根更细的琴弦位于三根演奏弦之下，调音位主要的旋律音高。这些弦并不被直接拨动，而是与演奏音高同时振动，这极大地增加了音量、共鸣和乐器音色的丰满度。[4]

乌克兰标志性乐器"班杜拉琴"（或译"班德拉"Bandura，俄文 бандура），有五十到六十根竖系共鸣弦，初看像扬琴竖起来。左臂抱琴，左手探到琴头外，如同弹竖琴，右手拨动琴板上的琴弦，反手拉动粗弦，以作共鸣。

成百上千演奏弹拨乐器的维吾尔族民间艺人，2007年新疆莎车县木卡姆大会

　　北印度弓弦乐器萨朗吉（Sarangi），前排三根主弦，下置十根共鸣弦，指板左侧十六根共鸣弦。伊朗热瓦普（Robab），四根主弦，十二根辅弦。西奥伯琴（Theorbo）在常规琉特琴上附加超长琴颈，排列二十余根共鸣弦，单独发展为长双颈琉特琴。西腾琴（Cittern），也是竖轴杆侧，悬弦如绳。

　　多一根是一根，多一声是一声，一排不够，再加一排，弦外之音不但占有一席之地，而且成为缺不得、少不得的音响主体。我在各国音乐博物馆，看到铺天盖地的共鸣弦乐器，品种之多，超出想象。若再把遍布欧洲的风笛持续音以及延续至西方作曲家作品中的持续音划入视野，会看到一个分布于中亚、南亚和欧洲的庞大家族。同类异域，迹同事殊，音响形态完全颠覆了我们的伴奏观念。

【四】多余的一组弦

有篇散文题目叫《多余的一句话》，不妨改为《多余的一组弦》。它的确不是中国意义上的伴奏，也不是西方意义上的和声。近年来，蒙古族双声得到学术界广泛关注。马头琴、弓弦潮尔和库姆孜，都有低音弦持续作响，形成实音弦主奏，附加合音共鸣音效。徐欣、萧梅的研究，让合音现象获得了跨境的景深。萧梅谈道：

> 比如形制为两根五度定弦关系的主奏弦与六到十二根辅弦的哈密艾捷克；以一束马尾弦主奏，另外张十至十二根钢丝共鸣弦的刀郎艾捷克；一根主奏弦与九至十七条辅弦的萨它尔；还有弹拨乐器热瓦普和弹布尔等都具有相同的主奏+辅弦结构。它们尽管各具特点，但其辅弦的功能皆与主奏弦构成相对固定的和音，因此更准确地说，它们并非辅弦，而是共鸣弦。有意思的是，上述艾捷克与萨它尔与蒙古族弓弦潮尔的追求类似，即以丰富的泛音与基础音结合。有意思的是，在有关艾捷克和热瓦普的资料中，亦可见关于它们从伊朗等地传入后增加了共鸣弦的记载。如马成翔在对清代史料的梳理中，指出艾捷克最早起源于伊朗，公元14世纪以前传入中亚，流传在撒马尔罕、布哈拉等地。以后传入喀什，增加了共鸣弦，形成了有共鸣弦的艾捷克形制。尽管我们现在在十二木卡姆的乐队中看到的艾捷克是近代以来改良了的去掉共鸣弦，而将主奏弦增加

为四根的乐器，但刀郎艾捷克和哈密艾捷克却保留了清代以来的形制。刀郎热瓦普也有早期两根皮弦弹奏、后发展了共鸣弦的经历。[5]

以此而论，汉族弹拨乐器同样可以找到共鸣弦痕迹。南音琵琶、苏州评弹琵琶、陕北说书琵琶以及云南洞泾琵琶的第四根弦基本不弹，其中同样隐藏了中亚乃至风靡地中海文化的共鸣弦痕迹。遗风遗绪，可辨家族身影。置而不弹的孤悬之弦，终于对接到广阔的共鸣弦世界，充满疑惑、不敢妄下结论而悬着的心，也落到了肚里。如此连接令学术界冒出来许多要说的话。夏凡在博士论文中提到共鸣弦的地方有数处，她描述道：

> 如热瓦普的共鸣弦。以喀什热瓦普为例，第一根外弦为旋律弦，紧挨的第二根弦也可当旋律弦，也可当共鸣弦，之后五根都是共鸣弦。传统喀什热瓦普为五根弦，热瓦普演奏家达吾提·阿吾提（1939— ）在此基础上加入两根共鸣弦，让喀什热瓦普变为七根弦，定弦顺序为：C4-G4-D4-A4-E4-B4-#F4。两根共鸣弦加入，与演奏曲目有关，古典热瓦普终止音，常落在#F和B上，加入#F和B共鸣弦，变得明亮。如《卡迪尔·麦吾兰》，终止音为B，若无共鸣弦B，完全不同。可见，共鸣弦不仅起到改善音色的作用，还能改善延续的局限性，否则"民族味道就出不来"。[6]

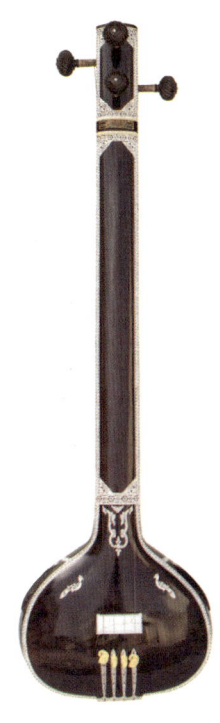
印度坦布拉琴

伊朗热瓦普（日本滨松市乐器博物馆）

"目瞭则形无不分，心敏则理无不达"。共鸣弦定弦，一般为主弦五八度，主属基频，恒定敏捷。一般人不在意也不关注定律问题，虽然听的、唱的、弹的无不与此有关。热瓦普、艾捷克、萨它尔，大名鼎鼎的冬不拉，须臾不离的卡龙，其孤悬之弦都有预设。对普通人来说，音乐是个数字有限且因为有限而有点幼稚的世界。持续振荡、折腾得热热闹闹的数十根弦，靠什么规律发挥音效，无人深究，宁愿相信"闲置"的弦无关痛痒。其实共鸣弦必须经过计算，才能如人所听的那样和谐悦耳。

1963年3月，中国音乐研究所简其华（后排左一）、毛继增（后排左二）在新疆哈密搜集十二木卡姆民间音乐后与艺人合影

是什么促使了地中海文化圈将五弦里拉发展到六十余根共鸣弦的雪球效应？这不能不让人注意到在该区域音乐文化中占主导地位的宗教的作用。宗教仪式需要迷幻声响，共鸣弦混响，余音袅袅，洋洋盈耳，作用于人耳的感受，就是让聆听者超越俗世。主弦以少为多，辅弦以弱为强，过人之处就在于提供了宗教所需的声景。朦胧造境，是存在的理由。如此看来，信仰沉迷与共鸣弦之间确实存在着千丝万缕的联系。

我禁不住把这类音效与"非遗"展演上的木卡姆表演联系起来。弹拨尔、都塔尔、卡龙，在一群来自南疆莎车、身强体壮的老头手中，爆发出巨大的感染力。他们或盘腿而坐，或屈膝而跪，昂头闭目，放声高歌，如处无人之境。活力无穷的维吾尔老汉与中国音乐研究所乐器陈列室、简其华拍摄于50年代的图片相接续。在那组悬挂图片中，一位跪坐拉奏艾捷克的维吾尔老汉，凹进去的深目和炯炯发光的眼神，至今难忘。他粗糙的手，就是琴弦上急速如飞的手，就是唱到兴头上抹抹嘴再端起"葡萄美酒夜光杯"的手。诸弦复合，轰鸣大作的音效，正是文化现场需要的。

我们习惯于音响的清晰度，乃至怨怼某些乐器的致命"弱点"使余音不能立刻"停摆"。中央民族乐团排练过程中，我听过几位指挥抱怨前排的扬琴音响，形容其音响太"脏"。话说回来，扬琴若不嗡嗡作响就没了特点。然而，一旦进入乐队，优点变缺点，扰乱纯净，不得安宁。这一度令指挥们进退忧虞。欲舍之不取，则虑其怀怨；欲待之合势，则苦其稽延。如果把此点作为不同文化体相互适应的问题看待，就深刻地反映出古老的共鸣弦乐器于现代乐队追求之间难以弥合的矛盾，并从中窥视到大量附带共鸣弦的弹拨乐器被排除于现代乐团之外的根结。一件乐器能否进入现代管弦乐团，能否成为总谱中的一个声部，已经成为其行情、等级以及社会认可度的标志，也成为该类乐器在现代命运中通塞祸福的标识。

谈起欧洲音乐，凭借少年时拼命学西方乐器的一点底气还能多少说几句。但谈起印度、伊斯兰乐器，根本说不出什么道理，甚至观念中隐含着对不"干净"音响的敬而远之。从小种下的嫌弃共鸣弦"脏"的音响观念难道不是单一文化观与西方中心主义的余音袅袅？即使民族主义越来越淡、世界文化越来越普及的当代，这样的观念依然存在。我们曾以学习钢琴、小提琴为一种值得自豪的身份，但如今，单一实践已经成为我们身上的"负资产"。

各种弓弦乐器（中国艺术研究院）

从来不曾碰过甚至不曾见过的印度与阿拉伯乐器，成为我们对其音响难以解读从而产生亲切感的隔板。印度音乐家拉维香卡双目紧闭的陶醉及其家班的其乐融融，让我们觉得，无论花多少精力关注印度与阿拉伯乐器，都无法解读自己既不懂演奏也不懂其理论的共鸣弦世界。

> 大部分中国人关于伊斯兰文化的知识，明显比不上对佛教文化或对基督教文化的了解。不完全是"偏见"，更主要的是"无知"。而这，与我们的博物馆数量太少，且视野狭窄不无关系。[8]

关键时刻，关键会议，发挥了作用。上海音乐学院召开琉特琴专题会议，带来许多信息。陈自明《世界民族音乐地图》（2007

年）也提供了大量资料。如果多一些像上海音乐学院召开的这种琉特琴会议，多一些像萧梅、陈自明一样开启新知的朋友和老师，如果早一点具备人类学知识，耳朵会发育得更健康一点。

【结语】三种伴奏 三种模式

伴奏在一个层次上是音响，在另一个层次上是行为，在更高层面上则是处理主属关系的准则。伴奏与其说是三种事实，不如说是三种文化模式的表述形式。保腔不只是伴奏，更是文化观念和社会结构的反映。托腔、包腔、裹腔，讲究的是与主旋律步调一致。如同戏曲剧团"鼓老"指着面前鼓板、带着威严声调对我们嚷嚷的："另立门户，找死呀！"什么叫主旋？什么叫烘托？什么叫红花？什么叫绿叶？主次分明，植根于中国观众获取信息的基本习惯，更根植于中国人讲究秩序的伦理观念。"统帅专一，人心不分，号令不二，进退可齐，疾徐如意，气势自壮"。[9] 整齐寓意，深意存焉。如此看来，伴奏就成了解读集体无意识的绳结。开始并未打算将伴奏确立为某种模式，却无意间看到了三种法度。此前未及感悟，盖因不具备世界视野和成论理据，而新的理据也可以把早年经历变成叙述资源。

康拉德《什么是全球史》概括道，新的全球史是将现象、事件和进程置于全球脉络中，超越民族主义和欧洲中心论。他提出三种全球史：作为万物历史的全球史，作为联系史的全球史，以整合概念为基础的全球史。[10]

人类学从微小入手，开膛破肚，探视艺术形态背后的社会类型。汉族以整齐划一为核心，西方以并行不悖为核心，印度、阿拉伯地区则以众筹共振为核心。尺有所短，寸有所长。观中国伴奏，则觉世界所长与所阙；观世界伴奏，则觉中国所长与所阙。上览欧洲体制以为则，下观共鸣弦体制以为律，中国形态不言自明。标本的意义在于醒目。别殊类，序异端，"抒意通指，明其所谓，使人与知焉，不务相迷也"。[11] 将比较坐标纳入阐述，就能对跨文化解读提供基料，或许这也算新型全球史的微型切片。

原载《音乐研究》2020 年第 6 期

注释：

1. 杨荫浏：《吴畹卿先生小传》，中国艺术研究院音乐研究所编：《杨荫浏全集》第四卷，南京：凤凰出版传媒集团、江苏文艺出版社，2009 年，参见第 17 页："吴畹卿在教学中，对于唱曲和伴奏，极为重视，学生学到一定程度，就要他们学会'脱本'随着唱者的歌唱进行伴奏。他认为只有这样学生才能充分发挥乐器的表达能力，依唱腔的高、低、迟、速，自如地进行托腔，使伴奏与歌唱丝丝入扣、融为一体。"
2. 董晓萍、［美］欧达伟：《乡村戏曲表演与中国现代民众》，北京：北京师范大学出版社，2000 年，第 18 页。
3. 李卫：《尝不尽的＜波西米亚人＞》，《音乐周报》公众号推文 2021 年 4 月 6 日。
4. ［美］蒂莫西·赖斯：《保加利亚音乐》，张玉雯译，管建华审校，南京：江苏凤凰教育出版社，2016 年，第 39—40 页。
5. 萧梅：《文明与文化之间：由"呼麦"现象引申的草原音乐之思》，《音乐艺术》2014 年第 1 期。
6. 夏凡：《有品乐器律制形态研究》，中央音乐学院博士论文，2011 年。
7. ［梁］刘勰著，周振甫注释：《文心雕龙注释》，北京：人民文学出版社，1983 年，第 518 页。
8. 陈平原：《大英博物馆日记》（外二种），北京：生活·读书·新知三联书店，2017 年，第 88 页。
9. ［宋］司马光等：《资治通鉴》（十六），北京：中华书局，1956 年，第 7545 页。
10. ［德］塞巴斯蒂安·康拉德：《什么是全球史》，杜宪兵译，北京：中信出版集团，2018 年。
11. ［宋］司马光等：《资治通鉴》卷三（一），北京：中华书局，1956 年，第 115 页。

古埃及壁画《女音乐家》（从左至右：竖琴、乌德、舞蹈、阿夫洛斯管、里拉，公元前 1400 年）

弦光万道

——里拉、竖琴、弯琴、箜篌简读

"里拉"（Lyre）早年译为"诗琴"，这个词也派生出希腊的"抒情诗"（Lyric）。里拉是地中海文化圈游吟诗人手中的乐器，所以，一字两用，诗歌同体。里拉及竖琴音响，有种无与伦比的美妙和超凡入圣的诗情。勾拨余韵袅袅，刮奏行云流水。音响纤弱却直抵人心，不感动还真不行，止不住叫它"诗琴"。

希腊神话中有位痴情的奥菲欧，爱人尤丽狄茜被毒蛇咬死。

他怀抱里拉,唱出了让"巨大的海怪跃出深不可测的海底为它应声起舞"(莎士比亚)的哀歌,感动了冥后普罗塞皮娜和冥王普尔托内,允许他到地狱带回亡妻。但有个条件,返阳之前,切忌回头。奥菲欧没忍住,再失爱妻。后来奥菲欧因拒绝演奏而被杀,里拉琴被太阳神阿波罗挂到天空,成为天琴星座。因此,美术图案中常见手持里拉琴的是至高无上的阿波罗,而不是可怜的奥菲欧。然而,奥菲欧的故事还是打动人,成为世界上最早的歌剧《尤丽狄茜》的题材,蒙特威尔第的歌剧《奥菲欧》亦步此后尘。此后格鲁克的改革歌剧《奥菲欧与尤丽狄茜》的著名咏叹调《世上

埃及墓画残片(公元前1550—1458,美国大都会博物馆)

捷克国家博物馆竖琴

没有尤丽狄茜我怎能活》,可以对译成"世上没有奥菲欧歌剧怎能活"!三部歌剧,均附着于此,足见题材适宜。神话学不是研究"神话"而是研究文明起源,早期文明的能量潜藏于未经雕琢的神话里,音乐家将其演绎为世界上最灿烂的艺术体裁——歌剧。当然,音乐家关注的不光是催发歌剧登上历史舞台的神话,还有主角手里比神话还神奇的第一件弦乐器。如同喜马拉雅是最早从海水中露出来的陆地一样,里拉也是世界上最早露出来的弦乐器。打动神界也打动凡界的几条弦,一路拨弹,兴象微深,竟然耀居万众瞩目的"乐徽"之巅。

　　一则神话,波及诗歌、音乐、绘画、雕塑,把爱情、乐器、神界、象征,连成一组无法拆分的图形。"奇外无奇更出奇,一波才动万波随。"（元好问《论诗三十首》）里拉、竖琴、箜篌、弯琴，也形成一组连接，分合之际，度越群伦。这几件分属不同文化区域的乐器，相似度不是若隐若现，而是一眼便知。如此相像的家族，乐器史上也不多见。分支繁衍，入乡随俗，扭动一下，就有了当地人的声调。没有人能抗拒近距离聆听里拉、竖琴、箜篌、弯琴的诱惑，更没有人能够抗拒探视不同文化元素融入一件既相异又万变不离其宗的乐器的奇妙。它们让人感到，世界真的可以由"一组弦"串联起来。

诗人目不转睛看着里拉，发现了故事素材；作曲家目不转睛看着里拉，发现了歌剧魅力；美术家目不转睛看着里拉，发现了雕塑线条；学者目不转睛看着里拉，发现了连接世界的"弦"路。我们就从这个家族中选取几位成员，在博物馆内外梳理一下这条绵延千里的琴弦。

【一】裂石响惊弦

最早的里拉，出自美索不达米亚，距今四千五百年，比中国古琴早两千年。图像出现得更早，距今五千四百年。看上去如此遥远的乐器真的离我们很遥远。考古学家在乌尔城(Ur)发掘公元前2550—前2450年美索不达米亚

黄金里拉琴（乌尔城，1929年出土）

拱形竖琴（法国巴黎音乐城）

地区王后普阿比（Pu-abi）的墓葬时，发现"黄金里拉琴"（Golden Lyre）即其陪葬品。琴前板由青金石、贝壳及红色石灰岩组成，用沥青黏合。琴头以公牛为饰。那双拎牛鼻子的手，就是拨弄琴弦的手。"大殉葬坑"（The Great Pit）里还有两件里拉与一件竖琴（命名"皇家竖琴"）。

历史习惯于设定一个出发点，但乐器常常难以设定一个明确的起点。"王后里拉"为弦乐器史确定了一个清晰的坐标。它无疑是个深刻记号，确凿标明了弦乐器登临世界的岁月。这个始发点可以解答一系列终极提问：从哪里来？到哪里去？

"黄金里拉琴"存于巴格达伊拉克国家博物馆。2003年伊拉克战争爆发，博物馆遭劫。人们在停车场发现了散成碎片的琴身，黄金宝石，不翼而飞。

2003年秋，英国里拉琴制造及演奏家安德鲁·鲁因斯（Andrew Lowings），在互联网上发起复原号召。一位身处战火的巴格达市民捐赠了七十五公斤制造琴身的黎巴嫩雪松木，在当地穆斯林掩护下送到空军基地，由英国皇家空军运抵伦敦。装饰用青金石，从唯一的产地阿富汗购买。珍珠母贝壳出自波斯湾，由迪拜哈索尔（Hassall）家族提供。南非一家黄金公司捐赠了二十四克拉黄金，用于复制牛头。巴格达博物馆的拉米亚·阿尔·盖拉尼（Lamia Al Gailani）博士从赫梯收集了两公斤天然沥青作黏合剂，由陆路运到阿联酋阿布扎比。因味道太大，阿亚德·阿巴斯（Ayad Abbas）包裹了十七层塑料布，才得以合法运送。面板由拉夫堡大学与利物浦大学合作制造，意大利造船厂提供支持。制造过程中共磨损了六个昂贵的金刚石齿轮，每个都有捐赠者。

弓形竖琴（美国大都会博物馆）

法国巴黎音乐城最早的弓

黄金里拉琴复制，是一场名副其实的世界大剧。当代承接人对前代匠人的用料，心领神会，东拼黎巴嫩雪松木，西贴阿富汗青金石，南嵌波斯湾珍珠母，北粘巴格达原沥青。举各国之力，再塑金身，嵌镂精绝，风姿高秀。2004年，仿制的里拉，再次弹出文明源头的琴声。虽然良工依式配造，终不及原件的历史含量那样让人望而知重，但面对国际大合作中的重新拼接，光线迷散之际，是否能于箔片轻闪间嗅到黎巴嫩雪松木、巴格达沥青的淡淡清香？黄金里拉挣扎着不把古老正剧变为悲剧，复原也让战争悲剧，衍生出了历史正剧。

经不起战火的脆弱诗琴，如今其每个部件都来自不同地区，是一件真正的世界文明结晶体。这让人意识到，它于公元前2500年诞生之际，就应是个连接整体。别指望每个因子会在合影时幽淑地走开，它们聚合一体，才是世界应有的样子。瞧瞧天各一方的当下，除了从硕果仅存的文物上弥合分崩离析的国界，人们到底还能对古代文化的世界性领悟多少？有多少无名工匠对乐器的用料和定型做过贡献？乐器上凝聚了多少挪移、拼贴的区域元素？大部分恐怕都难以确证，唯此"饰以金箔、间以珠翠"的里拉，让人意外地获得了确证。真是千载难逢的个案。"也知造物有深意，故遣佳人在空谷"（苏东坡诗）[1]。

早期基萨拉（法国巴黎音乐城）

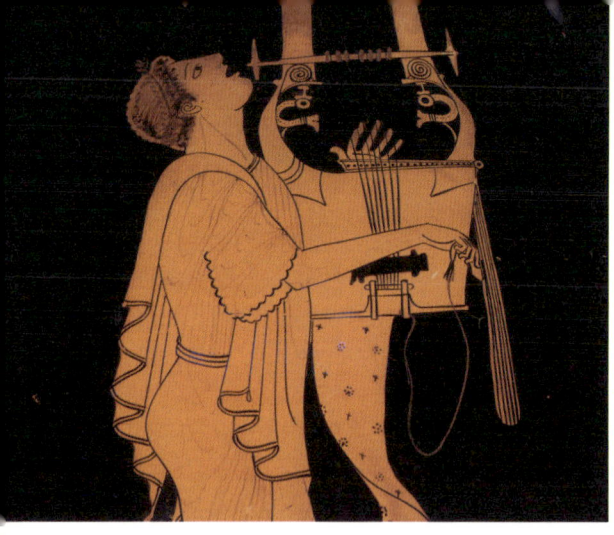

演奏基萨拉的青年,陶罐绘画细部(美国大都会博物馆)

基萨拉壁画细部(美国大都会博物馆)

【二】三种形制 百种名称

　　里拉、竖琴(Harp),各立一名,定性来自形制。里拉是简约版,竖琴是提升版,而基萨拉(Kithara)是专业版。形制、演奏,不尽相同,长期并行不悖。

法国沙龙（1791 年，美国大都会博物馆）

为了辨识，人们又按形制把竖琴分为"弓形竖琴"(Bow-Harp)、"拱形竖琴"(Arched Harp)、"角形竖琴"(Angular Harp)等。弓形竖琴可追溯至公元前3000年的埃及。从"弯弓射大雕"迈向乐器，不知经过多少曲折。有心人充分利用了弯曲角度，张弓施弦。弯弓绷紧了，琴弦拉紧了，人心也紧了。

弓形与拱形里拉的制作难度，一是弯曲，二是受力。基萨拉将固弦装置改进为两端竖杆、中架横梁，大大降低了制作难度。废单臂，就双杆，如此则安稳，如彼则倾危。竖架连接底座，共鸣箱扩大，音量增强。不但形制如以赛亚·伯林所说"现代得惊人"，而且琴头横梁两侧安装了圆盘牵拉扶手，左右摇动，音高游移。这种效果让中国人大吃一惊，原来琴筝上的按压技法以及游移的"音腔"不光我们有，基萨拉早就有了。

后来，地中海里拉向西衍生出爱尔兰竖琴（凯尔特），称"天使之琴"；向南衍生出卡拉（Kora，二十一弦），称为"非

非洲卡拉

洲竖琴"，即刚果曼格贝图人的杜姆（Domu）；向周边衍生出土耳其筑钮（Junuk）；向东则衍生出阿富汗的"哇儿"（Waji）、泰国箜篌、缅甸弯琴（桑高）、中国箜篌等。

缅甸弯琴

【三】弯琴（桑高）

瞅一眼缅甸（中国古称"骠国"）弯琴，谁都能看得出里拉的模样，但其本土化步伐坚定不移。对特立独行的工匠而言，器型划一，反倒不惹人喜欢。部件镶嵌，一式一样；箱体坡度，一式一样；装饰垂穗，一式一样，非但不会因秩序井然引人赞赏，反而惹人厌倦。各国工匠，既体现对前人的尊重，也不失区域特色。弯琴上半部，最大限度地突出了民族性，特别是那道彩虹般的弯曲脖颈，几乎可以隐约捕捉到东南亚宫廷的舞姿。再细听本土化音响，源于何方，已经不那么重要了。主人每每自豪于从破材到烤弯、从凿孔到粘胶、从紧弦到张力的全程手工化。

我们之所以选择弯琴作为东南亚乐器的典型，或者说它之所以在世界上获得瞩目的原因，并非因为国家乐队将其纳入编制，承领"国弦"的尊荣，而且因为那种拥琴入怀的演奏方式与当地人席地而坐的日常姿态的融合。这个特点让本地族群找到了外来与本土的结合点。如此表述就是为了让一般人看得懂缅甸人何以选择这件乐器作为国家象征的原因——保持日常坐姿——接地气的靠点。

如同泰国选择了"船琴"（木琴）、印尼选择了甘美兰作为民族象征一样，两个都拥有此类乐器的国家没有把箜篌类乐器列入象征，盖因没有像缅甸一样精心制作与着力呵护。自己长自己的，自己活自己的。自成一格，遂成独门绝技。这是遭遇强势文化之际，当地人型塑了自己民族形象的绵里藏针之举，其中体现了当地人意欲把握一件象征器物以表述本土声音的意愿。现实的弯琴，不像歌剧《欧菲奥》那样仅表达爱情，在祭祀及宫廷宴会上，还承担着更多社会功能，不但形成了一套成熟的演奏技艺，也一

中央民族乐团演奏家吴琳箜篌独奏音乐会《空谷幽兰》（2014年）

英国竖琴演奏家玛丽安·多萝西·哈兰德（1759—1785），后为威廉·达尔林普尔夫人（美国大都会博物馆）

并附加了民族国家理念。自任以重，托理一器，幽艳独绝，一全其荣。

【四】翻空出奇

竖琴在欧洲，借着工业革命的技术支撑突飞猛进。17世纪，竖琴在法国受贵族追捧，从形制到音响都发生了翻天覆地的变化。双排弦竖琴、三排弦竖琴、交叉弦竖琴，相继产生，踏板技术更令其彻底解脱了转调束缚。据说当时巴黎可以找到几十位竖琴老师，差不多是20世纪中后期中国竖琴演奏者总量的数倍（我工作的山东省歌舞团弹竖琴的女孩考入中央音乐学院，一时找不到替代者）。巴黎音乐学院成为传播重镇。蒙特威尔第、莫扎特、德彪西等都专为竖琴写过协奏曲。法国作曲家儒勒·马思奈的歌剧《泰伊斯》首演于1894年，其中著名的《沉思曲》采用小提琴独奏、竖琴伴奏的形式呈现。

俄罗斯学派，亦是强力聚所，至今霸气十足。2019年入住俄罗斯莫斯科"大都汇饭店"，每日早餐小舞台上都有竖琴表演，且天天换人。演奏曲目常取细雨轻云、轻柔流动的物象，如《乘着歌声的翅膀》《爱的颂赞》等。

为竖琴添柴助燃的，尤以柴科夫斯基的芭蕾舞剧《天鹅湖》为重。天鹅与王子双人舞，小提琴与大提琴对话，竖琴琶音，珠玉晶莹，如梦如幻。望望竖琴，再望望天鹅，想不出哪等乐器还能生出如此洁净如水的音响，衬托靓影！

说来神奇，我们不是从圣彼得堡马林斯基剧院看芭蕾舞《天鹅湖》才喜欢上了竖琴，也不是从巴黎沙龙公爵夫人亲自抚弄竖琴的油画中识读竖琴，而是从戏文生猛的"样板戏"中品识到它的。畸形灌输只有我们这一代人才懂得。京剧样板戏《智取威虎山》中《打虎上山》的唱腔中"胸有朝阳"一句，加入竖琴，瞬间把雪原上的打虎英雄笼罩于阳光璀璨之中。《海港》中江水英的主要唱段《细读了全会公报》加入竖琴，让堆满"成吨的钢铁"和成袋大米的黄浦滩头瞬间涌满浪漫。里拉琴的发明者大概不曾想到，它的后代竟因为"样板戏"而在中国获得传扬。没人能够解释我们一代人对竖琴的迷狂来自哪里。膜拜来自生硬时代击中的软肋。好像不能边吃大蒜边喊革命口号边听竖琴，而必须啜着咖啡谈论《天鹅湖》，但我们的接受史真的恰恰相反。

凤首箜篌，国家博物馆 2020 年乐器展品

【五】逆天激活

我们之所以略过箜篌在唐代诗歌、雕塑和壁画过度爆棚背景下的历史书写，是想凸显一个当代文化现象——箜篌悄然退出舞台又绝处逢生的奇迹，以此证明历史上的确存在过本土接受外来器物的开放语境。千万不要相信乐器都有从生到死的逻辑，有悖常理的节外生枝、死灰复燃、枯木逢春，才是万象本真。世间常常冒出一些打破常规的例外。说起来难以置信，19—20 世纪传入中国的竖琴，奇迹般地再次激活了消失一千年的箜篌。20 世纪 80 年代，"复古思潮"风行，敦煌壁画以崭新姿态跳入当代。外来乐器两度传入并激活本土乐器的逆袭，既显示了中国文化的强大再生力，也显示了同类家族易获共鸣的潜质。

民族乐团的西方化是不得不承认的事实，人人都能从箜篌上看到竖琴。为什么中国音乐家一定要坚持用一个古老名称乃至有人质疑时也毫不犹豫地宣称其为本土标志？对抗西方化，追求本土化。形相似，名有别。重塑内核，小题大意。

今日之箜篌远非古代之箜篌，也非西方之竖琴。不与里拉比，不与竖琴攀。移凤首于琴头，饰凤翼于琴身。一新旧颜，洗心革面。就在竖琴尚未肯定与具有独立外貌的凤首箜篌是否属于新姐妹时，它已然宣称是具有自主知识产权的科技发明而获得了国家专利，绝无半点深自降抑的克制。

发生于20世纪末的事，不止于讲述了一个消亡又折返的现象，

2019年10月14日，"茅盾文学奖"在中国国家博物馆举行颁奖仪式，二十四台箜篌参与仪式

而在于复原一个原先只能隔空遥望的历史现场以及从中体味破除闭关锁国的连接环扣。人们无法复见箜篌在唐代趋向繁盛并成为诗人吟咏对象的现场，却眼见箜篌从同族成员中获得想象资源、幡然复生的实例。壁画图像与样板活体，双双落地，难道不是历史上同类乐器相互交融的明证？难道不能确认从来不讲纯正血统的乐器一直敞开胸襟拥抱同类因子的嫁接？难道不能证明20世纪80年代的开放春风约略匹配于大唐气度？

"夫'道'无不在，散于事为之间，因事之得失成败，可以知'道'之万世亡弊，史可少欤！" 不把20世纪末发生的逆天行举记录下来，恐千载之下无复有笃信之人。进入中原，退出中原，再返中原。既有典籍佐证，也有活体明鉴。倒着看的好处，就在于一般人对近在眼前的事物更熟悉，由果而因，追溯嚆矢。

【六】二十四双红酥手

2019年10月14日，中国文学界最高奖"茅盾文学奖"颁发仪式在国家博物馆大堂举行。二十四架金色箜篌，分设两端，二十四位红衣少女，分坐两列。满堂朱紫，丽藻芳翰。不要以为这是中国文学奖仪式举办者的创意，2014年诺贝尔奖颁奖典礼就是在俄罗斯圣彼得堡"音乐神女"艾丽莎·萨迪科娃的竖琴琶音中颁发的。

远超过琵琶、二胡、古筝、笛子四大普及乐器的价格、被誉为民乐最昂贵的箜篌，竟然轻而易举地聚集起二十四位娉婷少女。看到大厅里的二十四双红酥手，突然生出"儿女忽成行"的慨叹。那可远比唐代宫廷任何一幅画面上聚集起来的箜篌多出数倍。不难看到，今天箜篌之普及是因为具备了一个能够供养得起、消费得起的社会阶层——中产阶级。昔日以宫廷之力，不能维持，今日以民间微力，扶至大堂。一器成风，阆境竞响。

21世纪初，音乐家还在谈论箜篌立世必须面临赌上降低价格这一关。今天好像不需要了！可以不计成本地开拓领地。2019年箜篌年产量已达1611架。[3]有人开玩笑说，如果孩子没学箜篌，都不好意思在朋友圈说自己属于中产阶级。箜篌、马术、游艇，已成丈量身份的新标尺。

"第一个箜篌时代"与"第二个箜篌时代"之别，当然是前者的欣赏对象是王公贵戚，后者的欣赏对象是普通民众。20世纪末，民族乐团恢复箜篌时，大部分人已不识其为何物。消失的符号再次奏响时，往事越千年。困于地下、困于宫墙、困于壁画、困于故纸堆的箜篌，冲出重围，找到阳光，爽爽地梳理了一下长发，让泱泱国风与民族形象，完美匹配。

【七】弦光万道

两河流域的里拉、欧洲竖琴、缅甸弯琴、中国箜篌，外形相似，音响相似，甚至那种弹一下弦、另一只手捂一下弦、免得声音延续的演奏法都如出一辙。享受利好的当代人自然想搞明白，箜篌怎么会在盛唐一展风采后销声匿迹、并于一千年后神奇复活？是什么重新激活了它？一句话：世界又一次连接了！

这件乐器之所以能在国家博物馆大厅文学最高奖颁奖典礼上闪亮登场，就在于音乐的空间如同文学的空间一样，不再封闭！将西方抛置脑后地谈论箜篌是自欺欺人。上面提到的从《天鹅湖》

南京艺术学院音乐学院竖琴硕士研究生王恬

的浪漫声境中获得启示的绝不是我的个人经验,而是一代人的梦境,它之所以在样板戏中冒出来,也是因为包含了一代艺术家的追求,他们毫不迟疑地将竖琴的光影投射到英雄人物身上。如此说来,这股声浪就绝不是历史的偶然,而是新一轮迈步的历史必然。民族国家概念建立了一套"我们"与"他们"的边界,"我们"是边界内的,"他们"是边界外的。然而,乐器是带腿的!什么也挡不住声音奔跑。拨弦的音域,划出了一个更大的圈,远远超出"我们""他们"的边界。认定一国制度对文化传播起决定作用的结论靠不住。"从周边看中国"。弦是扯不断的。

史铁生说:"我常以为是丑女造就了美人,我常以为是愚人举起了智者,我常以为是懦夫衬照了英雄,我常以为是众生度化了佛祖。"作家徜徉地坛,想到了若无丑陋、漂亮何以出。如此说来,若无里拉的五根弦,就没有竖琴瀑布般的数十根彩丝;若无弓形拉杆的简陋,就没有双柱挺立的俊美;若无兜揽怀抱的弱小,就没有抱不过来的巨大胸围。这就是众生与佛祖、众声与独响,众星捧月的关系。

竖琴是交响乐团最高的大个子之一，想起原来所在乐队的乐手们常开的玩笑："如果乐池里水漫金山，会淹没所有乐器，只有贝斯和竖琴，站在水没脖子的地方，微笑地瞅着被吞没的同伴。"竖琴显山露水，总天下之慧以助玲珑，集天下之美以饰华贵。即使带着强烈民族主义情结的人，也难以抗拒洗耳恭听它那携带着外来口音又融入了本土语调的浏亮凤鸣。

原载《人民音乐》2020年第11期

注释：
1. 〔宋〕苏东坡：《寓居定慧院之东，杂花满山，有海棠一株，土人不知贵也》。
2. 胡三省：《新注资治通鉴序》，《资治通鉴》（一），北京：中华书局，1956年，第28页。
3. 参见丰元凯：《2019年我国部分民族乐器产品产量1520万件》，"国音艺术"公众号，2020年9月。"箜篌产量在2019年有了大幅度的提升，达到1611架，比上年增长3.3倍，这是由于国内箜篌演奏家大力推进箜篌普及教育，使箜篌教育市场不断扩大"。

图书在版编目（CIP）数据

响堂——音乐博物馆掠影 / 张振涛著． －上海：上海音乐出版社，
2022.2
ISBN 978-7-5523-2256-9
Ⅰ. 响… Ⅱ. 张… Ⅲ. 随笔－作品集－中国－当代 Ⅳ. I267.1
中国版本图书馆 CIP 数据核字（2021）第 162665 号

书　　名：响堂——音乐博物馆掠影
著　　者：张振涛

出 品 人：费维耀
责任编辑：李　煞
责任校对：满月明
装帧设计：徐思娇
内页排版：邱　天
印务总监：李霄云

出版：上海世纪出版集团　上海市闵行区号景路 159 弄　201101
　　　上海音乐出版社　上海市闵行区号景路 159 弄 A 座 6F　201101
网址：www.ewen.co
　　　www.smph.cn
发行：上海音乐出版社
印订：上海盛通时代印刷有限公司
开本：889×1194　1/32　印张：9.125　图、文：292 面
2022 年 2 月第 1 版　2022 年 2 月第 1 次印刷
ISBN 978-7-5523-2256-9/J·2067
定价：80.00 元

读者服务热线：（021）53201888　印装质量热线：（021）64310542
反盗版热线：（021）64734302　（021）53203663
郑重声明：版权所有　翻印必究